ハヤカワ文庫NV
〈NV1479〉

ウーマン・イン・ザ・ウィンドウ

〔下〕

A・J・フィン
池田真紀子訳

早川書房
8646

THE WOMAN IN THE WINDOW

by

A. J. Finn

Translated by
Makiko Ikeda
Published 2021 in Japan by
HAYAKAWA PUBLISHING, INC.
This book is published in Japan by
arrangement with
ICM PARTNERS
c/o CURTIS BROWN GROUP LTD.
through JAPAN UNI AGENCY, INC., TOKYO.

目次

目次（上巻）

ウーマン・イン・ザ・ウィンドウ

〔下〕

登場人物

アナ・フォックス……………………精神分析医
エド……………………………………アナの夫
オリヴィア……………………………アナの娘
イーサン・ラッセル…………………同じ通りに住む少年
アリステア……………………………イーサンの父親
ジェーン………………………………イーサンの母親
デヴィッド……………………………アナの家の間借り人
ジュリアン・フィールディング……アナの主治医
ビナ……………………………………理学療法士
コンラッド・リトル…………………刑事
ヴァル・ノレッリ……………………刑事
ウェスリー・ブリル…………………精神分析医。アナの元同僚
ワッサーマン夫妻……………………近所の住人
グレー家………………………………近所の住人
タケダ家………………………………近所の住人
リジー…………………………………web フォーラム〈アゴラ〉ユーザー

11 月 6 日　土曜日〔承前〕

50

「あんた、何のつもりだよ？」

わたしはたじろいだ。デヴィッドからあんた呼ばわりされたのは初めてだ。無口なデヴィッドとは、もともとろくに話したことがないけれど。

「あんた、何のつもりだよ？」

わたしは後ずさりし、口を開く。

「ちょっと——」

「勝手に部屋に入っていいと思ってるのか？」

わたしはまた一歩後ろに下がり、よろめく。「ごめんなさい——」

デヴィッドが近づく。背後のドアは大きく開いたままだ。わたしの視界が波打ち始める。

「ごめんなさい」息を大きく吸いこむ。「探しものがあって」

「どんな？」

また息を吸う。「あなたを探してた」

デヴィッドは両手を上げ、また体の脇に下ろした。指に引っかけた鍵が揺れる。

「おれならここだ」首を振る。「用件は？」

「その――」

「電話すればすんだだろうに」

「そうね、思いつかなかった――」

「だよな、だから勝手に人の部屋に入ったわけだ」

わたしはうなずきかけて、やめた。デヴィッドとこんなに長い会話を交わしたのは初めてかもしれない。

「ドアを閉めてもらえない？」わたしは頼んだ。

デヴィッドはわたしの顔を見つめたあと、振り向いてドアを押した。ドアががたんと音を立てて閉まった。

わたしに向き直ったとき、デヴィッドの表情は和らいでいたけれど、声はまだ険しかった。「で、用件は？」

めまいがした。「座らせてもらってもいい?」

デヴィッドは動かない。

わたしはよろよろとソファに近づき、倒れこむように腰を下ろした。デヴィッドは片手に鍵束を握ったまま、彫像のように突っ立っていた。まもなく鍵をポケットに押しこみ、ジャケットを脱いで寝室エリアに放った。ジャケットはベッドに着地したものの、続いて聞こえた音から察するに、床にすべり落ちた。

「決していい気分じゃない」

わたしはうなずく。「そうね、そうよね」

「誰だっていやだろう。自分のスペースに来られたら。勝手に入られたら」

「そうね、そうよね」

「誰だってぶち切れ——誰だって腹が立つ」

「そうね」

「客が来てたらどうするつもりだった?」

「ノックしたのよ」

「ノックすりゃいいって話じゃないだろう」

わたしは黙った。

デヴィッドはまたわたしを見つめたあと、ブーツを脱いでキッチンに行った。冷蔵庫を開け、棚から瓶ビールのローリング・ロックを取った。カウンターの縁に王冠をごんと打ちつける。はずれた王冠が床に落ち、暖房用のラジエーターの下に転がった。

もっと若いころだったら、わたしはすっかり感心していただろう。

デヴィッドはボトルに口をつけてビールをあおり、ゆっくり歩いてこちらに戻ってきた。長い体を製図台に預け、またひと口飲む。

「で？」デヴィッドは言った。「用件を聞こう」

わたしはうなずき、彼を見上げた。「公園の向こうの家の奥さんには会った？」

デヴィッドの額に皺《しわ》が寄った。「誰？」

「ジェーン・ラッセル。公園の向こうの家の奥さん。二〇七番地――」

「会ってない」

地平線なみに平たい声。

「でも、仕事を頼まれて行ったんでしょう」

「行ったよ」

「だったら――」

「仕事を頼んできたのはミスター・ラッセルだ。奥さんには会ってない。奥さんがいるこ

「子持ちの独身の男だっている」ビールをぐびりと飲む。「そのときはそこまで考えなかったしね。おれに用ってのはそれ？」

わたしはうなずいた。自分がひどく小さくなったような気がした。自分の両手に目を落とす。

「ここに下りてきたのは、それを訊《き》くため？」

わたしはまたうなずいた。

「そっか。質問には答えたよ」

わたしは座ったままでいた。

「なんでそんなことを訊こうと思ったのかな」

わたしは顔を上げてデヴィッドを見た。話したところで信じないだろう。

「理由なんてないの」わたしは言い、肘掛けに手をついて立ち上がろうとした。

デヴィッドが手を差し出す。わたしはその手を取った。荒れた手だった。わたしをやすやすと引き起こす。前腕の筋肉がくっきりと盛り上がった。

「勝手に部屋に入ってごめんなさい」わたしは言った。

デヴィッドがうなずく。

「二度としないから」

またうなずく。

わたしは階段に向かった。背中に彼の視線を感じた。

三段上ったところで、思い出した。

「そうだ——おとなりで仕事をした日、悲鳴を聞かなかった？」わたしは壁に肩を押し当てておいて向きを変えると、尋ねた。

「前にも同じことを訊かれたな。忘れた？　悲鳴は知らないよ。スプリングスティーンを聴いてたから」

前にも訊いた——？　自分の脳味噌からも忘れられているような気がし始めた。

51

キッチンに入り、地下室のドアがかちゃりと音を立てて閉まると同時に、ドクター・フィールディングから電話があった。

「メッセージを聞いたよ。不安そうな声だったが」

わたしは口を開きかけた。そのときはすべて打ち明けるつもり、心の中身をそっくり空けてしまうつもりでいたけれど、思えば、聞いてもらったところでどうしようもない。いまはドクターのほうがよほど不安げだった。いつものように、あらゆることを心配している。そもそも、ドクターがよく効く薬をてんこ盛りに処方してくれるおかげで、こんな……まあいい。「何でもないんです」わたしは言った。

しばしの沈黙があった。「何でもない？」

「ええ。いえ、あの、一つ訊いておきたいことがあって」――ワインを大きくひと口――「ジェネリックに変更できないかどうか」

沈黙が続いた。

わたしは強引に話を続ける。「いくつかをジェネリックに変更できないかなと思って。薬《ドラッグ》を」

「薬《メディケーション》」ドクターがいつもどおり正す。

「あっと、薬《メディケーション》を」わたしは言い直す。

「できるよ」ドクターは疑わしげな声で言った。

「よかった。ちょっとお高くなってきてたから」

「負担だったのかい？」

「いえいえ。ただ、負担に感じる前に手を打っておきたかったの」

「なるほど」言葉とは裏腹に、少しも納得していない。

沈黙。わたしは冷蔵庫のとなりの棚を開けた。

「この話は」ドクターが言った。「また火曜日にでも」

「そうですね」わたしはメルローを一本選び出す。

「火曜日でも遅くはないだろう？」

「ええ、ぜんぜん」ボトルの栓をねじって取った。

「調子が悪いわけではないんだね？」

「ええ、ぜんぜん」流しからグラスを取る。

「薬とアルコールを一緒に摂取したりしていないだろうね」

「いいえ」ワインを注ぐ。

「ならいい。じゃあ、また火曜日に」

「ええ、火曜日に」

電話は切れ、わたしはワインで喉を潤す。

52

上の階に行く。エドの図書室をのぞくと、二十分前に置き去りにしたグラスとボトルが日光浴をしていた。二つとも回収して、自分の書斎に運ぶ。

机の前に腰を下ろす。考える。

目の前の画面に、駒がセットされたチェス盤が大きく表示されている。戦闘に備えて整列した、夜と昼の色の軍隊。白のクイーン——ジェーンのクイーンを取った記憶が頭をよぎる。ジェーン、雪の色をしたブラウス、そこに大きく広がった血の染み。

ジェーン。白の女王。

パソコンが電子音を鳴らした。

わたしはラッセル家の様子をうかがう。動くものはない。

GrannyLizzie：こんにちは、ドクター・アナ。

わたしはぎくりとし、目を見開く。

どこまで話したんだった？　話が途中になったのは、いつだった？　チャットボックスを拡大し、スクロールして以前のやりとりを確認する。十一月四日木曜日、午後四時四十六分、〈GrannyLizzie さんはチャットからログアウトしました〉。

そうだった。エドと一緒に悪いニュースをオリヴィアに伝えたところまで話した。心臓が破裂しそうになったことを思い出す。

あの六時間後、九一一番に電話をかけた。

そしてそのあと……小旅行に出た。病院で一晩過ごした。リトルの事情聴取、医師の診察。注射。陽光に目を痛めつけられながら、ハーレムを車で走り抜けた。駆けこむように家に入った。ヘビのように身をくねらせて膝に上ってきたパンチ。わたしの周囲を嗅ぎ回るノレッリ。アリステアがこの家に来た。イーサンも。

あの女も。

ビナも来た。ネット検索、ビナの奥ゆかしいいびき。そして今日――わたしの話を疑うエド。〝ジェーン〟からの電話。デヴィッドの部屋、デヴィッドの怒り。耳に流れこむドクター・フィールディングの低くしわがれた声。

本当に、あれからまだ二日しかたっていないの？

thedoctorisin：こんにちは！　お元気ですか。

リジーは話の途中で冷たく接続を切った。それでもわたしは寛容な対応をした。

GrannyLizzie：元気よ。でもそれより何より、この前お話ししたとき、急にいなくなってしまって、本当に本当にごめんなさい。

ふう、よかった。

thedoctorisin：気にしないで！　誰だって忙しいもの！

GrannyLizzie：そうじゃないの、本当よ。インターネット接続が突然、死んでしまったのよ。インターネットよ、安らかに！

GrannyLizzie：何カ月かに一度、似たようなことが起きるんだけど、今回は木曜日だったでしょう。修理の会社に来てもらうのに、週末まで待たなくてはならなくて。

GrannyLizzie：本当にごめんなさいね。ひどい人間だと思われてるでしょうけれど。

わたしはグラスを取って、ひと口飲んだ。グラスを置き、もう一つのグラスを取って、またひと口飲む。リジーはわたしの涙の身の上話にうんざりしたのだろうと決めつけていた。おお、信仰薄き者よ。


thedoctorisin：謝らないでくださいな！　よくあることだもの！

GrannyLizzie：とってもいやな女になった気分よ!!

thedoctorisin：そんな風に思わないで。

GrannyLizzie：許してくださる？

thedoctorisin：許すようなことは何もないわ！　それより、お元気でいらっしゃるといいけれど。

GrannyLizzie：ええ、とても元気よ。息子たちが帰省してるの：）

thedoctorisin：：）それはうれしいですね！　よかった！

GrannyLizzie：あの子たちがいるだけで幸せよ。

thedoctorisin：息子さんたちのお名前は？

GrannyLizzie：ボー
GrannyLizzie：とウィリアム。
thedoctorisin：すてきなお名前ですね。
GrannyLizzie：すてきな息子たちよ。いつも本当によくしてくれるの。リチャードの闘病中は助けられた。育て方がよかったのね！
thedoctorisin：きっとそうだわ！
GrannyLizzie：ウィリアムはフロリダから毎日電話をくれるの。いつも絶叫するみたいに大きな声で〝やあ元気？〟って言うのよ。わかってても毎回、にこにこしてしまうわ。

わたしも微笑《ほほえ》む。

thedoctorisin：うちの家族はいつも〝だーれだ〟から始まるの。
GrannyLizzie：あら、それも楽しいわね！

オリヴィアとエドの顔が浮かび、二人の声が頭のなかで聞こえる。喉が詰まった。またワインを少し飲む。

thedoctorisin：息子さんたちがいてくれると、安心でしょうね。
GrannyLizzie：それはもう、アナ、とても安心よ。あの子たちが昔と同じ部屋にいるだけで、まさに昔に戻ったみたい。

数日ぶりにリラックスし、自信を取り戻した。有能になった気さえした。東八十八丁目のクリニックで患者に救いの手を差し伸べているようだ。〝心を通わせることさえできれば〟

もしかしたら、リジーより、わたしのほうがよほどこれを求めていたのかもしれない。だから、空が暗くなり、天井に映った陰翳《いんえい》が境目を失っていくなか、何千キロも離れた町に住む孤独なおばあちゃんとのチャットを続けた。リジーは料理好きなのだそうだ。息子二人の好物は「リジー特製ポットロースト（大したものじゃないけれど）」で、「毎年、町の消防隊員を激励するためにクリームチーズブラウニー」を焼く。以前は猫を飼っていたが――ここでわたしはパンチの話をする――いまは「ペチュニアという名前の茶色い毛の女の子」のウサギを飼っている。映画マニアではなく、「お料理番組と『ゲーム・オブ・スローンズ』」が好きらしい。『ゲーム・オブ・スローンズ』ファンとは意外だ――なかなか進んだおばあちゃんではないか。

リチャードの話も、もちろん出た。「みんなが夫を恋しがって」いる。リチャードは学校の先生で、メソジスト教会の執事で、鉄道ファンで（「地下室に大きな鉄道模型があるの」）、子煩悩《こぼんのう》な父親だった——〝善良な人よ〟。

〝善良な人だし、りっぱな父親でもある〟。ふいにアリステアの顔が脳裏をよぎる。身震いが出て、わたしはワイングラスのいっそう深いところにもぐりこんだ。

GrannyLizzie：こんな話、退屈じゃなければいいけれど……

thedoctorisin：いいえ、ぜんぜん。

リチャードは誠実で、しかも頼りになる人物だったそうで、家周りのことはすべて引き受けてくれていたそうだ。家の管理や修繕、電化製品（「ウィリアムがApple TVとかいう機械を買ってくれたんだけれど、使い方がさっぱりわからなくて」とリジー）、庭の手入れ、各種料金の支払い。リチャードがいなくなって「途方に暮れてるの。ものすごく年を取った気分よ」。

わたしは指先でマウスをリズミカルに叩いた。コタール症候群のように挑み甲斐のある相手ではないが、応急処置はいくつか頭に浮かぶ。「一緒に解決策を探しましょう」とリジーに提案した。そのとたん、全身の血がたぎり、患者と一緒に一つずつ問題を解決していく興奮が蘇《よみがえ》った。

抽斗《ひきだし》から鉛筆を取り、ポストイットにいくつかキーワードを書きつけた。クリニックではいつも、モレスキンのノートと万年筆を使っていた。でも、そんな違いは問題ではない。

家屋の修繕：「近所に、週に一度くらい来てくれそうな手先の器用な知り合い」はいないか。

GrannyLizzie：教会のマーティンがいる。

thedoctorisin：その人に頼みましょう！

電化製品：「若者はたいがいパソコンやテレビに詳しいわ」。リジーの知り合いに十代の少年少女が何人いるか不安だったけれど――

GrannyLizzie：同じ通りのロバート夫妻の息子さんがｉＰａｄを持ってる。

thedoctorisin：それで解決！

請求書関連：〈リジーにとって、これはかなりの難問のようだ。「インターネットで支払いをするのは難しくて。ユーザー名だのパスワードだのが無限にあって、もう何が何やら」〉。「法則性があって覚えやすいユーザー名とパスワードを設定すること」――自分の名前でもいいし、息子さんの名前でも、家族の誕生日でもいい――ただし「アルファベットのいくつかを数字や記号に入れ替えるといいわ」。たとえばウィリアムなら、綴《つづ》りを変えて〈W1LL1@M〉にする。

しばし間があった。

GrannyLizzie：その法則に従うと、わたしの名前はL1221Eね。

わたしはまた頬をゆるめる。

thedoctorisin：それなら覚えやすいわ！
GrannyLizzie：大笑《laughing out loud》い。
GrannyLizzie：ニュースで〝乗っ取り〟に警戒するようにって言ってた。気をつけたほうがいい？

thedoctorisin：乗っ取りは心配しなくていいと思いますよ。

おそらく、誰も乗っ取ろうとは思わないだろう。リジーはモンタナ州に住む七十代の女性なのだ。

最後に――庭仕事：「ここの冬は本当に本当に寒いの」だそうで、屋根の雪を下ろしたり、玄関前に凍結防止剤をまいたり、雨樋《あまどい》にできたつららを除去したりといった作業を誰かに頼まなくてはならない……「たとえ外に出られたとしても、冬に備えた仕事を一人で片づけるのはちょっと無理」。

thedoctorisin：まずは冬支度の時期には外に出られるようになっていることを祈りましょう。いずれにせよ、教会のマーティンが手伝ってくれるのではないかしら。または、近所の子供に頼むとか。かつての教え子という手もありますよ。一時間十ドルのお駄賃の威力を侮ってはいけないわ！

GrannyLizzie：そうね。いいアイデアだわ。

GrannyLizzie：ありがとう、ドクター・アナ。不安がずいぶん解消された。

問題を解決した。患者の力になれた。全身が薔薇《ばら》色に輝いているような気分だった。ワインをひと口。

そしてわたしたちは、ポットローストやウサギ、ウィリアムとボーの話に戻った。

ラッセル家のリビングルームに明かりがともった。デスクトップパソコンの画面の横から向こうをのぞくと、あの女がリビングルームに入ってくるのが見えた。一時間以上、あの女のことを一度も思い出さずにいたことに気づく。リジーのカウンセリングのおかげだ。

GrannyLizzie：ウィリアムが買い物から帰ってきた。頼んでおいたドーナツを忘れずに買ってきてくれてるといいけれど！
GrannyLizzie：みんな食べられてしまう前に行かなくちゃ。
thedoctorisin：どうぞ、ドーナツを食べにいって！
GrannyLizzie：btw、あなたは外には出られた？

〝btw〟（by the way「ところで」の略）。リジーはネットスラングを習得しつつあるようだ。

わたしは扇のように指を広げてキーボードに置いた。ええ、外には出られた。一度ならず二度も。

thedoctorisin：残念ながら、まだ一度も。

残念ながら、詳しく話す気もない。

GrannyLizzie：近いうちに出られるようになるといいわね……

thedoctorisin：ええ、ほんとに！

リジーはログアウトし、わたしはワインを飲み干して、グラスを机に置く。足で床をそっと蹴る。椅子がゆっくりと回転を始めた。壁がぐるぐる回る。〝病の治癒と健康を促進〟。今日、わたしはまさにそのとおりのことをした。目を閉じる。わたしはリジーが人生を取り戻すための手伝いをした。人生を少しだけ豊かにするのに貢献した。不安を解消するのに役立った。

〝自分より他者の利益を優先すること〟。これも実行した。ただし、わたしも利益を得た。

ざっと一時間半のあいだ、ラッセル家の誰もわたしの頭に入りこんでこなかった。アリステア、あの女、イーサン。誰も。

ジェーンさえ。

椅子の回転が止まる。目を開けると、部屋の入口が見えた。その先の廊下が、エドの図書室が。

そして思い出した――リジーにまだ話していないこと、このあいだの話の続きを。

53

オリヴィアは部屋に戻ろうとしなかった。そこでオリヴィアをエドに任せ、わたしは全身に轟《とどろ》き渡る自分の鼓動を聞きながら、一人で部屋に戻って荷物をまとめた。暖炉の炎が静かに揺らめくロビーに重たい足を引きずって戻り、フロント係のマリーにクレジットカードを渡して精算してもらった。マリーは滑稽なくらい大きな笑みを作り、目を丸く見開いて、みなさん楽しい夜《フォークス》をと言った。

オリヴィアがわたしに手を差し出す。わたしはエドを見た。エドが荷物を引き受け、両肩に一つずつストラップをかけた。わたしは娘の小さな熱い手を握った。

車は駐車場の奥の隅に駐めてあった。そこにたどりついたときには、三人とも雪まみれで、そのまま凍ってしまいそうだった。エドがトランクの蓋を開け、荷物を積みこんだ。わたしはフロントガラスに積もった雪を腕で払った。オリヴィアはバックシートに乗りこんでドアを閉めた。

エドとわたしは車をはさんで見つめ合った。わたしたちの上に、あいだに、雪は降り続けた。

エドの唇が動くのが見えた。「え、何?」わたしは訊いた。

さっきより大きな声で、エドが繰り返した。「きみが運転しろよ」


わたしが運転した。

タイヤが雪を踏むぎゅうという音とともに駐車場を出た。道路を走りだす。雪ひらがウィンドウにぶつかってくる。ハイウェイを、闇のなかを、雪降る真っ白な夜を、車は走った。

静寂に包まれていた。聞こえるのはエンジンの低い音だけだ。助手席のエドは、まっすぐ前を見据えていた。わたしはミラーをのぞいた。オリヴィアはシートにもたれていた。肩に垂れた頭が上下に揺れている。眠ってはいないが、目はなかば閉じていた。

カーブにさしかかった。わたしはハンドルをしっかりと握り直した。

まもなく、車のすぐとなりに深い裂け目が口を開けた。来る道中でも見た、大地の裂け目のような深い谷だ。月光に照らされた木々が幽霊のようだ。闇を映した銀色の雪ひらが谷の底へと落ちていき――ダウン、ダウン、ダウン――海原《うなばら》にのまれた水夫のように二度と浮かんでこなかった。

わたしはアクセルペダルから足を離した。

バックミラー越しに見ると、オリヴィアはウィンドウの外を凝視していた。頬が光っている。また泣いていたのだ。声を立てずに。

わたしの心が破裂しかけた。

わたしの電話が振動した。

その二週間前、エドとわたしは、公園の向こう側の家――ロード家で開かれたパーティにそろって出席した。クリスマスを祝うセミフォーマルなパーティで、華やかな飾りつけがされ、高級な酒が惜しみなくふるまわれた。タケダ家とグレー家も来ていた（が、ホストのロード夫妻によれば、ワッサーメンは〈要お返事〉の招待状に欠席の返事をよこしたそうだ）。ロード家の成人した子供たちの一人がガールフレンドを同伴して短時間だけ顔を出した。バート・ロードが勤務する銀行の同僚も大勢来ていた。会場は戦場のよう、地雷原のようで、一歩進むごとにエアキスが炸裂し、笑い声の大砲が発射され、背中を叩く手が爆弾のように降った。

パーティが中盤にさしかかったころ、そしてわたしが四杯目にさしかかったころ、ジョージー・ロードがにじり寄ってきた。

「アナ！」

「ジョージー！」

ハグを交わす。ジョージーの手がわたしの背中で小鳥の翼のように羽ばたく。

「うわあ、見てよ、そのドレス」わたしは言った。

「でしょ」

どう応えていいかわからなかった。「だわね」

「あなたこそ、そのスラックス！」

わたしは自分のパンツに曖昧に手を振ってみせる。「見てよ」

「ついさっきまでショールを羽織ってたんだけど――バートが……あら、ありがとう、アナ」わたしはジョージーの手袋についていた髪の毛をつまみ取った。「バートにワインをこぼされちゃって」

「バートったら、お行儀が悪いわね！」ワインをひと口。

「あとでとっちめてやるからって言っておいたわ。だって、もう二度目なんだもの……あら、ありがとう、アナ」わたしはジョージーのドレスについていた髪の毛をまたつまみ取った。エドからいつも、きみは酔うと触りたがりになるねと言われる。「ショールにお酒をこぼされたの、これで二度目なのよ」

「同じショール？」

「ううん、別のだけどね」

ジョージーの歯は丸くて黄みがかった色をしていて、わたしはその少し前に自然ドキュメンタリー番組で見たウェッデルアザラシを連想した。犬歯を使って南極の氷に呼吸穴を開けるという。番組のナレーションによると「犬歯は激しく摩耗してしまいます」ここでアザラシが雪に顎をすりつけている映像が流れる。「そのため、ウェッデルアザラシの寿命は短いのです」ナレーターは不吉な声でそう続けた。

「ねえ、さっきから何度も電話がかかってるみたいだけど、誰から？」目の前のウェッデルアザラシから唐突に訊かれた。

わたしは凍りついた。たしかに、パーティが始まったときからわたしの電話はパンツのポケットのなかで震え続けていた。そのたびにわたしは掌《てのひら》で隠しながら取り出し、画面をちらりと確認し、親指を使って返信を入力した。目立たないようにしていたつもりだった。

「仕事の連絡」わたしは答えた。

「でも、こんな時間に電話してくる子供なんているの?」ジョージーが訊く。

わたしはにっこりと笑った。「個人情報は話せない。ごめんなさいね」

「ああ、そうよね。もちろんよ。とてもプロ意識が高いのね、アナ」

それでも、大勢の話し声に囲まれ、脳味噌の上っ面をなでるようにして質問や答えをやりとりし、ワインがふんだんに出され、クリスマルキャロルが静かに流れているなかでも——わたしが考えられることと言えば、彼のことだけだった。

電話がまた震えた。

一瞬、わたしの手はハンドルを離れそうになった。運転席と助手席のあいだのドリンクホルダーに置いた携帯電話が震え、プラスチックの内装とぶつかってかたかたと音を立てていた。

わたしはエドの顔をうかがった。エドは電話を見ていた。

電話がまた振動する。わたしの視線はバックミラーに飛んだ。オリヴィアはウィンドウの外を見つめている。

静かになった。車は走り続けた。

またも振動。

「だーれだ」エドが言った。

わたしは黙っていた。

「あの男に決まってるよな」

わたしは反論しなかった。

エドが電話を手に取って画面を確かめ、ため息をついた。

車は一定の速度で走り続けた。カーブを曲がる。

「出なくていいのか?」

エドの顔を見られなかった。フロントガラスに穴が開くほどひたすら前を見つめ、首を振った。

「じゃあ、ぼくが出ようかな」

「だめ」わたしは電話を奪い取ろうとした。エドがわたしから遠ざける。

電話はまだ振動していた。「ぼくが出る」エドが言った。「ひとこと言ってやりたいからね」

「だめ」わたしはエドの手から電話を叩き落とした。電話はわたしの足の下にもぐりこんだ。

「もうやめて」オリヴィアが叫んだ。

わたしは足もとに目を落とした。フロアの上で小刻みに震えている画面が見えた。そこに彼の名前が表示されていた。

「アナ」エドのささやくような声が聞こえた。

目を上げた。道路が消えていた。

車は猛スピードで崖から飛び出そうとしていた。わたしたちは暗闇にのみこまれた。

54

ノックの音。

うたた寝をしていたらしい。起き上がる。頭がふらついた。部屋は真っ暗になっていた。窓の外もすっかり夜だ。

またノックの音が聞こえた。下からだ。玄関ではない。地下室の下り口だ。階段に向かう。デヴィッドは、用があればたいがい玄関を使う。もしかしたら、デヴィッドの部屋の泊まり客かもしれない。

キッチンの明かりをつけて地下室のドアを開けると、二つ下の段からデヴィッドその人がこちらを見上げていた。

「今度からおれもこのドアを使うべきかなと思って」デヴィッドが言った。

とっさに言葉が出なかった。でもすぐに、デヴィッドは冗談を言っているのだと気づいた。「そうね」わたしは一歩脇によけ、デヴィッドはキッチンに入ってきた。

ドアを閉める。互いに相手の出方をうかがう。デヴィッドが何を言おうとしているか、わかる気がした。きっとジェーンの話をしようとしているのだ。

「その――謝りたくて」デヴィッドが言った。

わたしはその場で固まった。

「さっきのこと」彼が続けた。

わたしは首を振った。肩に落ちた髪が揺れた。「謝らなくちゃいけないのはわたしのほうよ」

「もう謝ってくれたじゃないか」

「何度でも謝るわ」

「いや、もう謝ってくれなくていい。こっちも謝らなくちゃと思って。怒鳴ったりして悪かった」デヴィッドは軽く頭を下げた。「それに、ドアを開けっぱなしにしたことも。そういうことで動揺するって知ってるのに」

動揺どころの騒ぎではなかったが、立場を考えればそのくらいは不問に付すべきだ。

「気にしないで」それよりジェーンの話が聞きたい。しつこく質問してもかまわないだろうか。

「おれは、その――」デヴィッドはアイランド型カウンターに片手をすべらせ、そこにもたれた。「縄張りに過敏なところがあって。先に話しておけばよかったんだろうけど、でも」

中途半端なところで口をつぐむ。片足をもう一方の前に投げ出す。

「でも、何？」わたしは促した。

濃い眉毛の下から上目遣いでこちらを見る。ワイルドでセクシー。「ビールはある？」

「ワインなら」二階の机に置きっぱなしのボトル二本が思い浮かぶ。そのとなりのグラス二つも。さっさと飲みきってしまったほうがいい。「一本開ける？」

「ぜひ」

わたしはデヴィッドの前を通って――アイボリー石鹸《せっけん》の香りがした――棚から赤ワインを下ろした。「メルローだけど、いいかしら」

「メルローが何なのかさえわからないよ」

「おいしい赤ワインの種類」

「いいね」

別の棚の扉を開ける。空っぽだった。食洗機に向き直る。からんと音を立ててグラスを二つ取り、アイランド型カウンターに置いて、ボトルのコルク栓を抜き、ワインを注いだ。デヴィッドはグラスの片方を自分のほうに引き寄せ、乾杯するようにわたしのほうに傾けた。

「乾杯」わたしは応じた。ワインをひと口。

「実は」デヴィッドはグラスの赤ワインをそっと揺らしながら言った。「塀のなかにいた」

わたしはうなずいた。それから、目を見開いた。塀のなかなんて表現を実際に使う人は初めてだ。映画のせりふでしか聞いたことがない。

「えっと、刑務所にいたってこと?」間抜けなことに、ついそう確かめていた。

デヴィッドがにやりとする。「そう、刑務所にいた」

わたしはまたうなずいた。「何を――どんな罪で刑務所に?」

彼は無表情にわたしを見返した。「傷害罪」それから付け加えた。「相手は男だ」

わたしは彼をまじまじと見つめた。

「怖くなったろう」

「ぜんぜん」

わたしの嘘は宙を漂った。

「ちょっと驚いただけ」わたしは言った。

「思いきって先に話しておけばよかった」デヴィッドは顎先を指でこすった。「引っ越してくる前に。出ていけと言うなら、出ていくよ」

出ていくというのは本気だろうか。わたしは彼に出ていってもらいたいだろうか。「何が……あったの?」わたしは尋ねた。

小さなため息が聞こえた。「飲み屋で喧嘩した。よくある話さ」肩をすくめる。「ただ、おれには前科があった。それも傷害罪だ。ツーストライクってわけだ」

「刑が厳しくなるのは、スリーストライクだと思ってた」

「そのへんは人による」

「そう」わたしはつぶやく。それが疑問の余地のない真理であるかのように。

「それに、ついたPDが大酒飲みで」

「そう」わたしはそう繰り返し、PDとは何だろうと考えた。ああそうか、官選弁護人《パブリック・ディフェンダー》か。

「で、十四カ月、服役した」

「どこであった話？」

「喧嘩の現場？　それとも刑務所？」

「両方」

「両方ともマサチューセッツ州」

「そうなの」

「知りたければ話すけど。詳しく」

知りたい。「いえ、いいの」

「つまらない喧嘩さ。単なる酒のトラブルだ」

「なるほどね」

「そこで身についたってわけだ――その――自分の縄張りを警戒する癖が」

たまま。

「なるほどね」

二人とも黙りこんだ。ダンスパーティ会場のティーンエイジャーみたいに、床を見つめ

わたしは片方の足からもう一方へ体重を移した。「あなたはいつ——あなたが塀のなかにいたのは、いつ？」〝可能なかぎり、患者の語彙《ごい》を使うこと〟


「この四月に出所した。夏のあいだはボストンにいて、そのあとこっちに来た」

「なるほどね」

「さっきからそればかりだな」デヴィッドが言った。ただ、親しげな調子だった。

わたしは微笑んだ。「そうね」咳《せき》払いを一つ。「わたしはあなたの縄張りに侵入した。してはいけないことだった。もちろん、これからも下の部屋に住んでいてもらってかまわないわ」本気で言っているだろうか。自分ではそう思う。

デヴィッドはワインをひと口飲んだ。「とにかく話しておきたくて。それに」彼はグラスをこちらにちょっと傾けて言った。「こいつはものすごくうまいな」

「天井の件も忘れたわけじゃない」

わたしたちはソファに移動して、すでに三杯飲んでいたから——厳密には、デヴィッド

が三杯、わたしは四杯だから、合計で七杯の計算だけれど、数えながら飲んでいるわけではない——何の話か、わたしはとっさにわからなかった。

「天井って？」

デヴィッドが上を指さす。「ここの屋上」

「ここの？」わたしは上を見た。家の骨組みを透かして屋上まで見えるというみたいに。

「ああ、天窓の染み。どうして急に思い出したの？」

「外に出られるようになったら屋上に上がってみたいっていま言ったろう。屋上がどうなってるか確かめたいって」

そんなこと言った？「実現はまだしばらく先になりそうだけどね」わたしは歯切れよく言った。または、自分では歯切れよいつもりの発音で言った。「庭を横切ることさえできないんだもの」

デヴィッドは小さな笑みを浮かべ、首をかしげた。「まあ、いつかは」それからグラスをコーヒーテーブルに置いて立ち上がった。「トイレ、借りていいかな」

わたしは座ったまま体をねじった。「そっちよ」

「ありがとう」デヴィッドはレッド・ルームの方角に消えた。

わたしはまっすぐ座り直した。首を左右に動かすと、クッションがこすれる音がささやき声のように聞こえた。〝隣家の住人が刺される現場を見たの。あなたが一度も会わなかったという人。誰も一度も会ったことがない人。でも本当なのよ、信じて〟

おしっこが便器に当たる音が聞こえる。エドも同じだった。おしっこの勢いがよすぎて、ドアを閉めていてもその音が聞こえる。便器に穴が開きそうな音だった。

トイレの水が流れる音。蛇口をひねる音。

〝あの家に何者かが入りこんでるの。誰かが彼女のふりをしてるのよ〟

バスルームのドアが開き、閉まった。

〝息子と夫は嘘をついてる。全員が嘘をついてるの〟クッションにいっそう深く沈みこんだ。

天井を見上げる。えくぼみたいにへこんだライトを見つめる。目を閉じた。

〝彼女を探すのを手伝って〟

きいと音がした。どこかの蝶番《ちょうつがい》の音。デヴィッドは自分の部屋に帰ったのかもしれない。わたしは一方に傾いていった。

〝彼女を探すのを手伝って〟

まもなく目を開けると、デヴィッドが戻ってきていて、ソファにどさりと腰を下ろすところだった。わたしは体を起こして微笑んだ。デヴィッドも微笑み、わたしの肩越しにどこかを見た。「かわいい子だ」

わたしは後ろを向く。オリヴィアだ。銀の写真立てのなかで笑っている。「この子の写真、下にもあるわよね」ふいに思い出して言った。「壁に飾ったままになってる」

「ああ」

「どうして？」

彼は肩をすくめた。「なんでかな。代わりに飾るものがなかったから」ワインを飲み干す。「そういえば、お嬢さんはどこに？」

「父親のところ」ワインをひと口。

短い間があった。「会いたいだろうね」

「ええ」

「ご主人にも？」

「そうね、会いたいわ」

「よく話はしてるの？」

「しょっちゅう。昨日も話した」

「次はいつ会える予定？」

「まだしばらくは会えない。でも、そんなに先じゃないはず」

この話、家族の話はしたくない。それより、公園の向こうの家の奥さんの話がしたい。

「天窓の様子、見ておいたほうがいいかしらね」

階段が暗闇を這い上っている。わたしが先に上り、デヴィッドがついてきた。

書斎の前を通り過ぎようとしたところで、何かが足もとをそろりとかすめた。パンチだ。こっそり階段を下りていく。「いまのは猫？」デヴィッドが訊く。

「それは猫」わたしは答える。

三階の寝室の前を過ぎ――どちらも真っ暗だ――一番上の踊り場まで来た。わたしは壁を探ってスイッチを入れた。ふいに明るくなったとき、デヴィッドはわたしをじっと見ていた。

「あれからひどくはなっていないみたいね」わたしは天窓の周囲を痣《あざ》みたいに縁取っている染みを指さした。

「そのようだ」デヴィッドがうなずく。「でも、放っておけば広がる。今週のうちに何とかしよう」

沈黙。

「忙しい？　仕事の依頼は次々舞いこむの？」

返事がない。

ジェーンのことを話していいものかと迷う。デヴィッドは何と言うだろう。

ところが、覚悟を決める前に、デヴィッドにキスされた。

55

わたしたちは踊り場の床で重なり合っている。カーペットが肌にこすれて痛い。まもなく彼がわたしを抱き上げ、最短距離にあるベッドへと運んだ。

唇と唇が重なる。無精ひげが紙やすりのようにわたしの頬や顎をこする。片手がわたしの髪をぐいとかき上げ、もう一方はローブのベルトを引く。ローブの前が開く瞬間、わたしは息を吸ってお腹を引っこめたが、彼はもっと深くキスをして、喉や肩に唇を這わせただけだった。

織物はひるがえり　舞い広がった

鏡は横にひび割れて
「影の世界には飽きてきたわ」と
シャロットの乙女は叫ぶ

どうしてテニスンが出てくるの？　どうしていま？　こんな風に感じるのはいつ以来だろう。久しく何も感じたことがなかった。これを感じていたい。何かを感じたい。影の世界にはもううんざりだ。

時間がたち、暗闇のなかで、わたしは指先で彼の胸をそっとなぞる。彼のお腹、おへそから導火線のように伸びている毛の筋。

彼の息づかいは穏やかだ。まもなくわたしも浅い眠りに落ちていた。まどろみのなかで、夕陽の夢を見る。ジェーンの夢を見る。夜のどこかで踊り場を踏む静かな足音が聞こえ、わたしは、意外なことに、彼がベッドに戻ってきてくれたらいいのにと考える。

11 月 7 日　日曜日

56

目が覚めたとき、頭は膨張したように重く、デヴィッドはいなかった。彼が使った枕はひんやりしている。わたしはそこに顔を押し当てた。汗のにおいがした。

横向きになり、窓に、光に背を向けた。

いったい何があったの？

二人でお酒を飲んだ――もちろん、お酒を飲んだに決まっている。わたしはまぶたをぎゅっと閉じた。それから、最上階に上った。屋上に出るハッチを見上げた。次にベッドに行った。違う、その前に――踊り場の床の上だ。それからベッドへ。

オリヴィアのベッド。

まぶたがはじけるように開く。

いまわたしが横たわっているのは娘のベッドだ。この裸の体をくるんでいるのは娘の毛布で、よく知りもしない男の汗が染みて乾いているのは、娘の枕だ。ああ、リヴィ。ごめんなさい。

目を細めて部屋の入口を見る。その向こうの薄暗い廊下に目を凝らす。それから起き上がり、シーツを胸に抱き締めた。オリヴィアのシーツ、小さなポニーがプリントされたシーツ。娘のお気に入り。これ以外のシーツはいやだといつも言い張った。

窓のほうを向く。空は灰色の雲に覆われ、十一月らしい霧雨の天気だった。木々の葉から、軒から、水滴がしたたっている。

公園の向こうを見る。この窓からだと、イーサンの部屋がよく見える。イーサンはいない。

わたしは身震いした。

ローブは、タイヤのスリップ痕のように床に張りついていた。ベッドを出て、ローブを拾い――どうして手が震えているの？――羽織った。室内履きの片方はベッドの下に蹴りこまれていた。もう一方は踊り場に置き去りにされていた。

階段を下りる前に一つ大きく息を吸いこむ。空気はよどんでいた。デヴィッドの言うとおり、換気したほうがよさそうだ。きっとしないだろうけれど、したほうがいいのは確かだ。

階段を下りていく。一つ下の踊り場に来たところで、道路を横断するように右を見て、左を見た。寝室は二つとも静まり返っている。わたしのベッドのシーツは、ビナと過ごした夜のまま乱れていた。〝ビナと過ごした夜のまま〟。うわあ、なんだかエロチック。

やっぱり二日酔いだ。

もう一つ下の階に下り、図書室をのぞき、書斎をのぞいた。ラッセル家がわたしをじっと見ている。自分の家にいるのに、監視されているかのようだ。


姿が見える前に、気配が耳に届いた。

姿が見えてみると、彼はキッチンにいて、大きなコップで水を飲んでいた。影とガラスでできたキッチンは、窓の外の世界と同じように薄暗い。

彼の喉仏が上下するのを見つめた。うなじの髪に寝癖がついていた。シャツの裾が少しまくれて、細い腰がのぞいていた。わたしは一瞬目を閉じた——ゆうべ、あの腰に手をすべらせた。あの喉に唇を押し当てた。

目を開けると、灰色の光のなか、デヴィッドの黒い瞳がわたしをまっすぐに見ていた。

「大した謝罪になっちまったな」

頬がかっと熱くなった。

「起こしちまったんじゃなければいいが」そう言ってコップを持ち上げる。「一杯じゃ足りなくて。もう行かないと」水を全部飲み干し、コップを流しに置いて、手で口もとを拭った。

わたしは言うことを見つけられずにいた。

彼はそれを察したらしい。「おれはもう消えるから」デヴィッドはそう言うと、こちらに歩きだした。わたしは身構えた。でも、彼は地下室のドアに向かおうとしただけだった。わたしは道を譲った。ちょうど真横に来たところで、デヴィッドは顔をこちらに向け、低い声で言った。

「礼を言うべきか、謝るべきか、わからない」

わたしは彼の視線をとらえ、言葉をかき集めて言った。「何てことないわ」自分の声がひどくしわがれて聞こえた。「気にしないで」

デヴィッドは少し考えてからうなずいた。「どうやら謝るべきらしいな」

わたしは目を伏せた。デヴィッドはわたしの横を通り過ぎてドアを開けた。「今夜は泊まりがけで出かける予定だ。コネティカットで仕事があってね。明日には戻る」

わたしは黙っていた。

背後でドアが閉まる音がしたところで、ためていた息を吐き出した。流しに立ち、彼が使ったコップに水を汲《く》んで、口をつけた。彼の味を知るのはこれが初めてのような気がした。

57

というわけで——深い関係になった。

決して好きな表現ではない。軽々しすぎる。でも、そうとしか言いようがないから、そう言う。

深い関係になった。

グラスを手に、ぼんやりとソファのところに行く。クッションの上でパンチが体を丸め、尻尾《しっぽ》をぱたんぱたんと動かしていた。となりに腰を下ろし、ものあいだにグラスを置いて、頭をのけぞらせた。

倫理うんぬんはともかく——でも、これは倫理の問題ではない。そうでしょう？　だって、部屋を貸している相手と寝た程度のことよ？――娘のベッドでするなんて、それが信じられなかった。エドなら何と言うだろう。考えただけですくんでしまう。もちろん、発覚することはないけれど、やはり――やはり。ああ、あのシーツを燃やしてしまいたい。ポニー柄だろうと何だろうと。

家がわたしの周囲で呼吸している。床置きの振り子時計は、心臓のかすかな鼓動のように規則正しく時を刻んでいた。部屋全体が影に包まれ、さまざまな明るさの灰色の集まりになっている。テレビ画面にわたしが、わたしの幻影が映っている。

もしあの画面のなかの存在なら、大好きな映画の登場人物だったら、わたしはどうするだろう。『疑惑の影』のテレサ・ライトのように町に出て、調査を始めるだろうか。『裏窓』のジェームズ・スチュワートのように、友人に助力を求めるだろうか。少なくとも、ローブでできた水たまりにぼんやり座ったまま、これからどうしたものかと途方に暮れたりはしないだろう。

閉じこめ症候群。よくある原因は、脳出血、脳幹損傷、多発性硬化症などで、ときに毒物によるものもある。つまり、精神的疾患ではなく神経学的疾患だ。でもわたしは、文字どおり、完全に閉じこめられている――ドアを閉ざし、窓も閉ざして、光に怯えて隠れている。そして公園の向かいの家で人が刺されたのに、誰も気づかず、誰も知らない。気づき、知っているのはわたし一人——酒を飲んでぼんやりし、家族と離れて一人で暮らし、間借り人と関係するような女一人だけだ。近隣の住人から好奇の目を向けられ、警察からはまともに相手にされず、主治医には要注意の患者と思われ、病院の医師に憐れまれる女。引きこもりの女。ヒーローではない。探偵でもない。

　わたしは閉じこめられている。社会から締め出されている。

　やがてわたしは立ち上がり、片方の足を前に出し、次にもう一方を前に出して、階段に向かう。二階の踊り場から書斎に入ろうとしたところで、気づいた。納戸のドアが開いている。ほんの少しだけれど、開いている。

　一瞬、心臓が止まった。

　怯えるほどのことではない。たかがドア一つ開いていただけのことだ。この前、自分で開けたではないか。デヴィッドに頼まれて。

　……ただ、あのあとちゃんと閉めた。ずっと開いていたなら、もっと前に気づいていただろう。その証拠に、開いていることにこうして気づいたのだから。

　納戸の前に立ち、炎のように揺れた。閉まっていたと自信を持って言えるのか。

　言える。ほかのことはともかく、これだけは。

納戸に近づく。つかもうとした瞬間にノブが身をよじらせて逃げるのではないかと疑っているかのように、おそるおそるノブをつかむ。ドアを引き開ける。

なかは暗かった。真っ暗だ。手で頭上を探り、ほつれた紐を見つけて引く。目がくらむほどまぶしい明かりが広がって、まるで電球の内側にいるような気分になる。

納戸を見回す。見慣れないものはなく、なくなっているものもない。ペンキの缶、ビーチチェア。

棚の上に、エドの工具箱。

蓋を開けたら何があるか、察しがついた。

工具箱の前に立って手を伸ばす。留め金の一つをはずし、もう一つもはずす。ゆっくりと蓋を持ち上げる。

最初に見えたものがそれだった。カッターナイフ。いつのまにか返されて、刃がまぶしい光を跳ね返していた。

わたしは図書室のウィングバックチェアに座っている。思考は乾燥機のなかの衣類のように頭のなかをぐるぐる回っていた。ついさっきまで書斎にいたけれど、ジェーンのキッチンにあの女が入ってくるのが見えてわたしは椅子の上で飛び上がり、逃げるように部屋を出た。自分の家だというのに、立入禁止区域がいくつかできてしまった。

炉棚の時計を確かめた。十二時になるところだ。今日はまだ一杯も飲んでいない。それはけっこうなことではないかと思う。

機動力には欠けるかもしれないが――というより、機動力はゼロだ――この局面を打開する方法を考えることはできる。チェス盤だと思えばいい。チェスなら得意だ。集中すること、と自分に言い聞かせる。手持ちの駒を動かすことだ。

カーペットにわたしの影が長く伸びていた。わたしを切り離そうとしているかのようだ。デヴィッドは、ジェーンとは会っていないと言う。ジェーンも、彼と会ったようなことは一度も言わなかった。本当に会ったことがなかったのだろう。会ったとしたら、もっとあとになってから、二人でワインを四本空けたあとのことに違いない。デヴィッドにカッターナイフを貸したのはいつだった？　ジェーンの悲鳴が聞こえたのと同じ日？　たしかそうだ。デヴィッドがあのカッターナイフでジェーンを脅したとか？　それ以上のことをしてしまったとか？

親指の爪を噛む。以前のわたしの頭は、きちんと整理整頓されたファイリングキャビネットだった。それがいまは書類が寒風にさらわれ、紙吹雪《ふぶき》のようにひらひら舞っている。だめ。やめなさい。悪いほうに考えだしたらきりがない。

だけど。それでも。

デヴィッドについて、何を知っている？　傷害罪で塀のなかにいた。累犯者。カッターナイフを借り出した。

それに、わたしは確かに見た。警察が何と言おうと、わたしは見たのだ。ビナが何と言おうと。たとえ、そう、エドが何と言おうと。

地下室のドアが閉まる音が聞こえた。わたしは立ち上がり、足音を忍ばせて踊り場を横切り、書斎に入った。ラッセル家には誰も見えない。

窓に近づいて下の歩道を見た。彼がいた。あの面倒くさそうな歩き方。ジーンズを腰までずり下げ、一方の肩にバックパックをかけている。東に向かって歩いていた。わたしは姿が見えなくなるまで目で追った。

窓際を離れた。一歩下がっても、真昼なのに薄暗い光は追いかけてくる。また公園の向こうに目をやった。誰もいない。どの部屋も空っぽだ。それでもわたしは気を張り、あの女が現れるのを、あの女がわたしをまっすぐに見つめ返すのを待つ。

ローブの前がはだけた。ベルトがほどけている《come undone》。〝彼女は破滅した《come undone》〟。それはたしか本のタイトルだ。読んでいないけど。

だめだ、思考が右往左往している。わたしは頭の骨を両手ではさんで力をこめた。ちゃんと考えなさいってば。

そのとき、びっくり箱から人形が飛び出すみたいに、閃《ひらめ》いた。その勢いに驚いて、思わず飛びすさった。イヤリング。

昨日、心に引っかかったものはそれだ。イヤリング。デヴィッドの部屋のベッドサイドテーブルできらめいていたもの、濃い色をしたテーブルの上で光を放っていたもの。

小粒の真珠が三つ並んでいた。この記憶は確かだ。

たぶん。

あれはジェーンのものだろうか。

あの日、あの流砂のように過ぎた午後。〝昔のボーイフレンドからのプレゼント〟。耳たぶに触れる指先。〝アリステアは知らないと思う〟。わたしの喉を伝い落ちていく赤ワイン。三粒の小さな真珠。

あれはジェーンのものよね？

それとも、これは温室なみに温まった脳味噌の産物なのだろうか。まったく別のイヤリングということだって考えられる。まったく別の誰かのものなのかもしれない。そう自分に問いかけながらも、もう首を振っていた。髪の毛先が頬をくすぐる。あれはジェーンのイヤリングと思って間違いない。

そうなると——

ローブのポケットに手を入れ、紙の乾いた手触りを確かめた。名刺を取り出す。〈ニューヨーク市警　刑事　コンラッド・リトル〉

だめ。名刺をしまう。

向きを変えて部屋を出た。暗いなか、お酒を飲んでいなくたってやっぱり怪しい足取りで階段を下りた。キッチンに入り、地下室のドアの前に立つ。すすり泣きみたいな音を鳴らすスライド錠をしっかりとかけた。

一歩下がってドアをしげしげと眺めた。階段をまた上る。二階の納戸のドアを開け、電球の横に下がった紐を引く。目当てのもの、脚立は奥の壁際にあった。

キッチンに戻り、地下室のドアに脚立をもたせかけ、ノブの下側にあてがった。室内履きの爪先で脚立の脚を蹴り、びくともしなくなるまでノブの下に食いこませた。念のためにまた蹴る。爪先が痛い。もう一度蹴っておく。

また一歩下がる。ドアは開かない。これで侵入口が一つ減った。

もちろん、脱出口も一つ減ったことになる。

59

血管が乾ききって、いまにも炎を噴きそうだった。一杯飲みたい。

地下室のドアの前で向きを変えた拍子にパンチのボウルにつまずいた。ボウルは縁から水をこぼしながら床の上をすべっていった。わたしは悪態をついたが、続く言葉をのみこんだ。集中しなくては。考えなくては。メルローを軽く飲んだらはずみがつくだろう。

ビロードの喉ごしだった。豊かで、清らかで。グラスを置いたときには、全身の血の熱が冷めていくのがもう感じられた。室内に視線を巡らせる。視界は晴れ、脳味噌は油を差したように快調に回転している。わたしは機械だ。思考機械だ。ジャック・何とかいう作家が百年くらい前に書いた小説の主人公が、そんな風に呼ばれていなかったっけ。探偵役の博士は、冷酷なまでに合理的な頭脳の持ち主で、理詰めで謎を解決する。作家はたしか、妻を救命ボートに乗せたあと、タイタニック号と運命をともにした人だ。客船が沈没する直前、大富豪のジャック・アスターと甲板で一本の煙草を回しのみしながら、下弦の月に向けて煙を吐き出している姿を目撃されている。沈没船に取り残されるのは、まさに脱出不可能な筋書きだろう。

わたしも博士《ドクター》だ。わたしだって冷酷なまでに合理的な思考ができる。

次の手を考えよう。

起きたことを裏づけられる人物がどこかにいるはずだ。少なくとも、誰が巻きこまれたかを知っている人はいるだろう。ジェーンが無理なら、アリステアを突破口にすればいい。一番深い足跡を残しているのはアリステアだ。彼こそいわくつきの人物だ。

頭のなかで計画を練りながら階段を上り、書斎に入った。公園の向こうにちらりと視線を投げると、リビングルームにまたあの女がいて、銀色の携帯電話を耳に当てていた。わたしは顔をしかめたあと、机についた。わたしには台本がある。わたしには戦略がある。それに、わたしは自分の足でしっかりと立っている（と、座った状態で自分に言い聞かせた）。

マウス。キーボード。グーグル。電話。わたしの七つ道具。ラッセル家にもう一度だけ目をやる。あの女はこちらに背を向けていた。カシミアでできた壁。よしよし。そのままでいなさい。これはわたしの家で、わたしの眺望なんだから。

パスワードを入力して、デスクトップパソコンの画面のロックを解除した。まもなく、ネット検索で目当ての情報を見つけた。それを携帯電話に入力しようとして、はたと手を止めた。こちらの番号が相手に伝わってしまうのではないか。

眉間に皺を寄せる。電話を置く。マウスを握る。画面に表示されたカーソルがぴくりと動き、スカイプのアイコンまでじりじりと移動する。

数秒後、はきはきした応答が聞こえた。「はい、アトキンソンです」

「もしもし」わたしは応じ、咳払いをして言い直した。「もしもし。アリステア・ラッセルが所属する支社につないでいただけますか。ただ、アリステア本人ではなく、アシスタントとお話ししたいんです」電話の向こうから沈黙が帰ってきた。「実は、アリステアにサプライズを計画していて」わたしはそう言いつくろった。

また沈黙があった。キーボードを叩く音が伝わってくる。それから――「アリステア・ラッセルは、先月、退職しました」

「退職した？」

「その通りです。お客様」きっと電話をかけてきた相手をそう呼ぶように教育されているのだろう。しぶしぶといった調子だった。

「どうして？」間抜けな質問だ。

「お答えしかねます。お客様」

「所属の支社につないでいただけますか」

「いま申し上げたとおり、ラッセルは先月――」

「最後にいた支社でかまわないんだけど」

「それですと、ボストン支社になりますが」語尾がひらひらと持ち上がる、若い女性特有の話し方だ。何か訊かれているのか、ただ情報を伝えているだけなのか、聞いているほうにはわからない。

「そうね、ボストン支社に――」

「転送いたします」保留の音楽が流れ始めた――ショパンの夜想曲だ。一年前なら、第何番か、即座に言えただろう。おっと、だめだめ、脱線しないこと。しっかり考えて。お酒があったらもっと楽なのに。

公園の向こうでは、あの女が部屋を出ていこうとしていた。電話の相手は彼だろうか。唇の動きを読めたらいいのにと思った。そうしたら――

「アトキンソンです」今度は男性の声だった。

「アリステア・ラッセルのオフィスにつないでいただけますか」

即座に切り返された。「申し訳ありません、ラッセルは先月――」

「退職したことなら知ってます。アシスタントの方とお話ししたいの。元アシスタント。個人的な用件で」

一瞬の間があって、また声が聞こえた。「担当者のデスクにおつなぎしましょうか」

「ええ、お願いしま――」今度もピアノ曲だった。小川のようにさらさらと流れる旋律。おそらく第十七番ロ長調。いや、第三番？　第九番かもしれない。前は聞けばすぐわかったのに。

集中して。わたしは濡れた犬のように首と肩をぶるぶると振った。

「もしもし、アレックスです」今度もまた男性のようだけれど、声は細くてくぐもってて、断定はできない。アレックスという名前も、男女いずれにもありえる。

「もしもし――」こちらも名前が必要だ。うっかりしていた。「アレックスと言います。わたしもアレックスなの」やれやれ。とっさにそれしか思いつかなかった。

世のアレックスたちのあいだに秘密の合い言葉があったとしても、このアレックスは何も言わなかった。「ご用件をうかがいます」

「実はアリステアの――ミスター・ラッセルの古い友人なんです。たったいま、ニューヨーク支社に電話してみたら、退職したと言われて」

「ええ」アレックスはぐずぐずと鼻を鳴らした。

「あなたは、アリステアの……」どう呼ぶのだろう。アシスタント？　秘書？

「アシスタントでした」

「そうなのね。えっと、一つうかがいたいことが……厳密には、二つ三つ、ね。アリステアはいつ退職したのかしら」

また洟《はな》をすする音。「四週間前です。いえ五週間ですね」

「急な話だったのね」わたしは言った。「ニューヨークに転勤になったって聞いて、喜んでいたところなのに」

「それがですね」アレックスが言った。彼または彼女の声は、回転が上がり始めたエンジンの熱を発していた。何かゴシップがあるらしい。「ニューヨークに引っ越しはしたんですよ。でも、転勤はしなかったんです。社内の手続きはすんでいましたし、新しい家を買ったりもしたのに」

「そうなの？」

「ええ。ハーレムの豪邸ですよ。ネットで見つけました。ちょっとしたネットストーキングの成果です」男性は、こういう陰口じみたおしゃべりで盛り上がるものだろうか。アレックスはきっと女だろう。ああ、わたしはなんという性差別主義者なのか。「でも、どういう事情があったのかは知りません。転職した様子もありませんしね。わたしより、本人に直接訊いたほうがいいと思いますよ」ぐずぐず。「すみません。鼻風邪を引いていて。どういったご関係ですか」

「アリステアとわたし？」

「ええ」

「大学の同級生なの」

「ダートマス大学の？」

「そうよ」そうだった、ダートマス大学卒だった。「で、アリステアは——不謹慎な言い方かもしれないけど、自分で飛び降りたの？　それとも突き飛ばされたの？」

「わかりません。何があったのか、わかったら教えてもらいたいくらいですよ。何やらわけありげですから」

「本人に訊いてみるわ」

「同僚からとても好かれていました」アレックスが続ける。「ほんと、いい人ですからね。会社のほうから解雇するとは思えません」

わたしは同情するような言葉を二つ三つつぶやいた。「もう一つ教えていただきたいこだけれど、どんな外見の人か知らなくて、ちょっと困ってるの」

ことを願った。「ニューヨークへようこそという気持ちをこめて何かプレゼントしたいん

〝区画化〟なんて精神分析医くらいしか使わない言葉だろう。アレックスに気づかれない

「一度も会ったことがないのよ。アリステアには、ほら、区画化する傾向があるから」

ぐずぐず。「ジェーンですね」

とがあるの。奥さんのことで」

　ぐずぐず。

「スカーフにしようかと思ってる。ただ、肌や髪の色がわからなくて」言葉に詰まった。

あまりにもお粗末な弁解だ。「お粗末な話よね」

「実を言うと」アレックスは声をひそめた。「わたしも一度も会ったことがないんですよ

ね」

　ということは、アリステアは事実、区画化する傾向があるのだろう。それを見抜くとは、

わたしは大した精神分析医ではないか。

「アリステアは徹底的に〝区画化〟する人ですから！」アレックスが続けた。「ぴったり

の言葉ですよ」

「ええ、本当よね！」わたしは言う。

「半年以上、彼の下についてましたけど、奥さんには――ジェーンには一度も会っていないんです。息子さんには一度だけ会いましたけど」

「イーサンね」

「すごくいい子です。ちょっと内気な感じですけど。イーサンには？」

「ええ、ずいぶん前に会ったことがある」

「いい子ですよね。アリステアと一緒にアイスホッケーのブルーインズの試合を見にいくとかで、一度会社に来たことがあって」

「じゃあ、ジェーンのことはあなたもまったく知らないのね」わたしは話の軌道修正を図った。

「ええ。ああ――でも、肌や目の色がわかればいいんですよね」

「ええ」

「アリステアのオフィスに写真があったかもしれません」

「写真？」

「ニューヨークに送るはずだった私物を詰めた箱があって、まだこっちに取り残されてるんですよ。どうしたものか困っていたところで」洟をすする音、咳をする音。「ちょっと見てきます」

がさり、という音がした。アレックスが受話器を机に置いたのだろう。今回はショパンは流れなかった。わたしは唇を嚙み、窓の向こうを盗み見る。あの女はキッチンで冷凍庫の奥をのぞきこんでいた。一瞬、常軌を逸した想像が頭をよぎった。ジェーンが、霜に覆われたジェーンの死体、目まで真っ白に凍った死体があそこに押しこまれているのではないか。

受話器がこすれる音が聞こえた。「ジェーンがいま目の前にいます」アレックスが言った。「写真ですけど」

わたしは息をのんだ。

「髪は黒っぽくて、色白の肌をしています」

息を吐き出す。二人とも——ジェーンも偽のジェーンも、髪は黒っぽくて、色白だ。参考にならない。かといって、体重はどのくらいに見えるかと尋ねるわけにはいかない。

「そう——わかった」わたしは言った。「ほかには？　たとえば——その写真をスキャンしてもらえないかしら。メールで送っていただけない？」

沈黙。公園の向こうの女が冷凍庫の扉を閉め、キッチンを出ていく。

「メールアドレスを教えるから」わたしは言った。

返事がない。しばしの間があってから——

「お友達だとおっしゃいましたね……」

「ええ、アリステアの友達よ」

「個人的なものを勝手に送ったりするのはどうかなと思います。これに関しては、アリステアご本人に訊いてもらったほうが」今度は〝ぐずぐず〟は聞こえなかった。「お名前はアレックスとおっしゃいましたか」

「ええ」

「フルネームを教えていただけますか」

わたしは口を開きかけたが、すぐに〈通話終了〉ボタンを押した。

部屋は静まり返っている。廊下の真向かいのエドの図書室から、時計の音が聞こえていた。わたしは息をひそめていた。

アレックスはいますぐアリステアに連絡するだろうか。彼または彼女は、どんな声の相手だったか伝えるだろうか。わたしの固定電話や、下手をしたら携帯電話に、向こうから電話がかかってきたりするだろうか。わたしは机に置いた携帯電話をしばし見つめた。眠っている獣を警戒するように。自分の心臓のやかましい音を聞きながら、獣が身動きをするのを待つ。

携帯電話は動かなかった。動かない《イモバイル》・携帯電話《モバイル》。あはは。

だめ、集中よ、集中。

60

キッチンに下りると、雨粒が窓ガラスを叩いていた。メルローのおかわりをグラスに注ぐ。ごくりと大きくひと口。これよ、これを待っていた。

集中。

新しくわかったことは何？　アリステアは職場と家庭生活にきっちりと境界線を引いていた。多くの暴力犯の特徴に一致するとはいえ、それ以外の使い道のない情報だ。そのほかには――ニューヨーク支社に転勤する前提で準備を進め、新居まで購入し、家族と一緒にニューヨークに引っ越した……のに、何か想定外のことが起きて、転勤話は宙に浮いた。

何があったのだろう。

鳥肌が立った。ここは寒い。足を引きずって暖炉の前に移動し、ノブをひねる。小さな庭園に炎の花が咲いた。

ソファに腰を下ろし、クッションに体を沈める。グラスのなかでワインの水平線が傾き、体の周囲でローブが乱れ舞う。このローブはそろそろ洗ったほうがよさそうだ。わたし自身も洗ったほうがよさそうだけど。

ポケットに手をすべりこませる。指先にまたリトルの名刺が触れたが、今回もまたそこに入れたままにする。

そしてまた自分を眺める。テレビ画面に映った自分の影。薄ぼんやりした色のローブを着てクッションに埋もれたわたしは、まるで幽霊だ。幽霊になった気分だ。だめ。集中して。次の手を考えて。グラスをコーヒーテーブルに置き、左右の肘を膝に置く。

そして気づく。次の手なんてない。ジェーン――わたしのジェーン、本物のジェーン――が消えてしまったことはおろか、現在あるいは過去に実在すること、実在したことを証明することさえできない。死んだとしても証明できない。

死。

イーサンのことを考える。あの家に閉じこめられているイーサン。〝すごくいい子です〟

畑を耕すように、指で髪をかき上げる。迷路を走るマウスの気分だ。実験心理学の教室に戻ったようだった。ピンの頭みたいな目と風船の糸みたいな尻尾をしたちっぽけな生き物は、行き止まりにぶつかってはちょこまかと道を戻り、また別の行き止まりにぶつかる。「がんばれ」わたしたちは上から眺めて笑い、賭けをする。

いまは笑えない。やっぱりリトルに電話して話すべきだろうかとまた迷う。

迷ったあげく、エドと話すことにした。


「引きこもり生活が長引いてキレかけてるのか、スラッガー?」

わたしはため息をつき、カーペット敷きの書斎を行ったり来たりする。あの女の視線をさえぎりたくて、ブラインドを下ろしてあった。おかげで部屋は薄い光の縞模様に覆われて、まるで檻の中にいるようだ。

「無力感に打ちのめされてるって感じ。劇場に映画を見にいって、上映が終わって客席の明かりがついて、ほかの人はみんな席を立って出ていったのに、わたし一人だけ、何が起きたのかわからないまま席に取り残されてるみたい」

エドが笑った。

「何よ? 何かおかしい?」

「映画にたとえるあたりが実にきみらしいと思ってさ」

から」

「しかたないでしょ、ほかの比較対象になりそうなデータがしばらく更新されてないんだ

「そうだよ」

「そう？」

「わかったよ、怒るなよ」

ゆうべの件はいっさい話さない。思い出しただけですくみ上がってしまう。でも、それ以外のことは、フィルムを映写するように鮮明に蘇った。偽のジェーンからの電話、デヴィッドの部屋にあったイヤリング、カッターナイフ、アレックスとの電話のやりとり。

「映画のなかのできごとみたい」わたしは言った。「それに、あなただってもう少し危機感を抱いてくれてもいいと思うの」

「何について？」

「たとえば、間借り人の部屋に、死んだ女性のイヤリングがあったこと」

「彼女のものと決まったわけじゃないだろう」

「決まってる。絶対そうよ」

「断言はできない。そもそも彼女が……」

「何よ？」

「わかるだろう」

「何よ」

今度はエドがため息をついた。「彼女が生きているかどうかだってわからないんだぞ」

「生きているとは思えない」

「いや、そもそも彼女が実在するのかってことだよ――」

「それは確かよ。確かなの。わたしの妄想なんかじゃない」

沈黙。わたしはエドの息づかいに耳を澄ます。

「被害妄想がいきすぎているとは思わないか」

エドが言い終える前から、わたしは反論した。「現実に起きてることなら、被害妄想も何もないでしょ」

沈黙。さっきとは違い、エドはそのまま無言でいた。

次に口を開いたとき、わたしはつい喧嘩腰になった。「そうやって疑われるといらいらする。こうやって閉じこめられてると、すごく、ものすごくいらいらしてくるの」涙をこらえる。「この家から出られないだけじゃない。この……」ループと言いたかったけれど、その言葉を探し当てたときにはもう、エドが話していた。

「気持ちはわかるよ」

「わかるわけない」

「そうだな、じゃあ、想像はできるよ。いいか、アナ」わたしに口をはさむ隙を与えずに、エドは続けた。「この二日、きみは超高速で移動し続けてるようなものだ。週末のあいだ、ずっとそんなペースでいる。そのあげくに、デヴィッドが……〝事件〟に関係してるかもしれないと言いだした」咳払い。「そう自分を追い詰めるなよ。今夜はもう何も考えないで、映画を見るとか、本を読むとか、何かするといい。早くベッドに入るとか」咳払い。

「薬はちゃんとのんでるのか？」

ぜんぜん。「のんでる」

「酒は控えてるんだろうね」

まさか。「もちろん」

短い間。疑われているのかもしれない。

「リヴィと話すか？」

わたしは安堵の息をついた。「代わって」雨粒が窓ガラスを叩くリズミカルな音に聴き入る。まもなくオリヴィアの小さくて少しかすれた声が聞こえた。

「マミー？」

わたしの頬がゆるむ。「もしもし、パンプキン？」

「もしもし」

「元気？」

「元気だよ」

「会いたいわ」

「うん」

「何？」

「うんって言ったの」

「それは、あたしも会いたいよ、マミーって意味？」

「そうだよ。そっちで何かあったの？」

「どこで？」

「ニューヨーク・シティ」オリヴィアは決してシティを省かずに言う。几帳面だ。

「うちでってこと？」胸が熱くなる。〝うち〟

「そう。うちで」

「新しく引っ越してきた人のことで、ちょっとね。うちのおとなりに越してきた人よ」

「何があったの？」

「何でもないのよ、パンプキン。ちょっとした誤解があっただけ」

ここでまたエドの声が聞こえた。「なあ、アナ――おっと、割りこんでごめんよ、リヴィ。デヴィッドのことが心配なら、警察に相談したほうがいい。デヴィッドが、その……今回の〝事件〟に関わっていると決まったわけじゃないが、それでも――犯罪歴があることは事実なんだ。間借り人に怯えて暮らさなくちゃいけないとしたら、どうかしてる」

わたしはうなずいた。「そうね」

「いいな？」

わたしはまたうなずいた。

「刑事の連絡先はわかるね？」

「リトル刑事。連絡先はわかる」

ブラインドの隙間から外をのぞく。公園の向こうで何かが動いた。灰色の雨のなか、白いものが閃いて、ラッセル家の玄関が開く。

「それならいい」エドが言ったけれど、わたしはもう聞いていなかった。

ドアが閉まり、あの女が玄関ポーチの階段に現れた。たいまつの炎みたいに真っ赤な膝丈のコートを着て、ドーム型の透明の傘を差している。わたしは机からカメラを取って目に当てた。

「ごめん、何て言った？」わたしはエドに訊く。

「体を大事にしてくれよって言ったんだ」

ビューファインダーをのぞく。傘の表面を流れる雨水の小川は、静脈瘤《りゅう》に似ている。レンズをやや下に向けて、彼女の顔にピントを合わせた。先端がちょっと上を向いた鼻、なめらかな白い肌。目の下に黒いくまができている。寝不足らしい。

エドにまたねと告げたときには、彼女はロングブーツを履いた足で階段をゆっくりと下りていた。歩道に下りたところで立ち止まり、ポケットから携帯電話を取り出してチェックした。それからまたしまうと、東に——こちらの方角に歩きだした。ドーム型の傘に隠れた顔はぼやけている。

わたしは彼女と話をせずにいられなくなった。

61

いまだ。一人でいるいまがチャンスだ。アリステアが邪魔立てできないいま、わたしのこめかみで血がごうごうと音を立てているいまがチャンスだ。

行こう。

廊下に飛び出し、階段を駆け下りる。何も考えなければ、やれる。頭を空っぽにしておけば。そうよ、空っぽにしなさいよ。これまでのところ、考えたところでろくな結果に結びついていない。「狂気を定義するなら、フォックス」ウェスリーはよくアインシュタインの名言とされる言葉を引き合いに出した。「同じことを繰り返しておいて、前回と違う結果を期待することだ」だから、考えるのはやめて行動しよう。

言うまでもなく、そうやって行動を起こして——いまとまったく同じように行動を起こして——病院のベッドで目を覚ますことになったのは、たった三日前のことだ。また同じことを試みるとしたら、それは狂気だ。

どのみちわたしはおかしいのだ。それでいい。わたしはどうしても知りたい。それに、家にいれば安全だという確信は揺らぎ始めている。

室内履きで横すべりしながらキッチンを突っ切り、ソファをよけてその向こうへ。コーヒーテーブルの上の、アチバンが入ったプラスチック容器。逆さまにし、掌に三錠振り出して、口に放りこむ。さあ、ぐっとのんで！　〈ワタシヲオノミ〉と書かれた瓶の中身を飲み干すアリスの気分だ。

玄関へと走る。しゃがんで傘を拾う。立ち上がり、つまみを回して鍵を開け、勢いよくドアを引き開ける。玄関ホールには、ステンドグラスを透かして外の淡い光があふれていた。息を吸って――1、2――傘のボタンを押す。誰かが急に息を吹き返したような音がして、薄暗がりに傘がぱっと開いた。傘を目の高さに持ち上げ、もう一方の手を伸ばして玄関ドアの鍵を探る。秘訣は呼吸を続けることだ。そう、秘訣は止まらないことだ。

わたしは止まらない。

鍵が開く手応えが伝わってくる。次はノブが回る手応え。まぶたをきつく閉じておいて、引く。冷たい風が吹きこむ。ドアがぶつかって、傘がたわむ。ドアの隙間に体を押しこんで外に出る。

冷たい外気がわたしを包んだ。わたしを締めつけてくる。小走りに階段を下りた。1、2、3、4。傘が空気を押しのけ、船の舳先のようにかき分ける。目をぎゅっと閉じていても、左右から空気の鋭い流れが押し寄せてくるのがわかる。

すねにブレーキがかかった。金属の感触。ゲートだ。手で前方を探り、ゲートをつかみ、開けて、通り抜けた。室内履きの底がコンクリートを叩く。歩道だ。雨の針が髪を突き、肌を刺す。

不思議な話で、何カ月も前からこのばかばかしいアンブレラ作戦を試す一方で、傘があろうと目はつぶるだろうという考えは、わたしの、そして（おそらく）フィールディングの頭をかすめもしなかった。周囲が見えなければ大丈夫という前提がそもそも間違っているのだと思う。どのみち気圧の変化を感じ取って五感がざわめく。頭上の空は広くて深いこと、上下をひっくり返した海であることだって、見なくてもわかる……それでもわたしはまぶたをいっそうきつく閉じて、家のことを考えた。わたしの書斎、わたしのキッチン、わたしのソファ。わたしの猫。わたしのパソコン。わたしの写真。

左を向く。東へ。

前が見えないまま歩道を行く。現在地を知る指標が必要だ。こればかりは見て確かめるしかない。片方だけ、まぶたをそっと押し上げる。鬱蒼《うっそう》としたまつげの隙間から光のしずくがしたたった。

歩く速度が落ちて、一瞬、完全に止まりかけた。細めた目の隙間から傘の内側の格子模様が見える。黒い四角が四つ、白い線が四本。その線にエネルギーがほとばしり、心拍モニターのように脈打って、わたしの鼓動を山と谷で描く様を頭に描く。はい、集中して。1、2、3、4。

傘をほんのわずかに上に動かす。もう少し。あの女が見えた。スポットライトのように明るく、信号のように赤い。緋色《ひいろ》のコート、黒いブーツ、頭上で揺れているドーム型の透明ビニール傘。そこから雨と歩道のトンネルがわたしのところまで続いている。

彼女がもし振り向いたら、どうしよう。

でも、彼女は振り返らなかった。わたしは傘を元の位置まで下ろし、また目をぎゅっとつむった。足を前に踏み出す。

もう一歩。また一歩。もう一歩。室内履きはびしょ濡れになり、体は震え、汗の粒が背中を伝い落ちた。歩道のひび割れにつまずきかけたところで、勇気を奮ってもう一度行く手を確かめることにした。さっきとは反対の目を開け、閃く炎のような姿が見えるところまでまた傘を持ち上げる。目を一瞬だけ左に動かす――真横に聖ディンプナ女子学院、その先に、窓際でプランターのキクが満開になっている消防車みたいな色の家。今度は右を見た。後ろから来たピックアップトラックの小さな丸い目――薄暗がりに鉛色《なまり》の光を放つヘッドライトが、通りの先を照らしていた。わたしはその場に凍りついた。トラックは雨のなかを泳ぐようにわたしを追い越していく。わたしは目を閉じた。

次に開けたとき、トラックは消えていた。歩道の先を見ると、あの女も消えていた。いない。歩道は無人だった。霧雨に煙《けぶ》る通りのずっと先に目を凝らすと、交差点に何台か車が停まっているのが見えた。

もやが濃くなった。そうじゃない、わたしの視野が濁って歪み始めている。

膝が笑い、力が抜けた。体が地面に沈んでいく。白目をむいて卒倒しかけていてもなお、頭上から見下ろした自分の姿が脳裏に描き出された。ぐっしょりと水を吸ったローブを着て震えているわたし、背中に張りついた髪、手から力なくぶら下がった傘。誰もいない歩道にぽつんと一人きり。

沈んでいく。コンクリートに溶けていく。

でも――

――彼女が消えるなんてありえない。このブロックの終わりまでまだ行っていなかったはずだ。目を閉じ、彼女の背中、首筋で揺れる髪を思い浮かべる。その後ろ姿は、キッチンの流しの前に立っているジェーンのそれに変わった。三つ編みにした長い髪が肩甲骨のあいだに垂れている。

ジェーンが振り返ると同時に、わたしは左右の膝が互いに支え合っているのを感じた。ローブを地面に引きずる感触はしているけれど、わたしはまだ倒れていない。

身じろぎせずに立つ。脚の震えが止まった。

彼女はきっと建物のどれかに入ったのよ……頭のなかの地図を確かめる。真っ赤な家のとなりは何だった？　骨董のお店は道の向かい側だし――それにいまは空き店舗になっている――真っ赤な家のとなりは――

カフェ。それだ。彼女が消えた先はカフェだ。

首をのけぞらせ、顎を天に向けて突き出した。そのまま飛び立てそうだ。左右の肘がピストンのように回転する。大きく開いた足が歩道を踏みしめる。握り締めた傘の取っ手がぐらつく。片方の腕を伸ばしてバランスを取った。霧雨と遠い往来の音に囲まれて、わたしは背筋を――アップ、アップ、アップ――伸ばして、元どおりしっかりと立つ。

神経がぱちぱちと音を立てる。心臓に火が入った。アチバンが血中を巡りながら、きれいな水が久しぶりに使ったホースの内側の汚れを押し出すように、血管の掃除をしていくのが感じ取れた。

1、2、3、4。

片足を前に出す。一瞬あって、もう一方が続く。室内履きを引きずりながら前進を続ける。信じられない。わたしは歩道を歩いている。

夕立のように、車の音が近づいてきて、大きくなる。歩き続けよう。薄目を開けて傘を見る。傘が視界を埋め、わたしを包囲していた。傘の向こうには何もない。

が、まもなく傘は大きく右に動く。

「あっと――失礼」

わたしはたじろいだ。何かが――誰かが――ぶつかってきて、傘が押しのけられた。ジーンズとコートの青いぼんやりした塊が猛スピードですれ違っていき、それを追って振り向いた拍子に、ガラスに映った自分の姿が目に入った。水草じみた髪、濡れそぼった肌。格子柄の傘を巨大な花のように手から生やしていた。

その背景、その窓ガラスの奥に、あの女の姿が見えた。

わたしはカフェにたどりついたのだ。

目を見開いて見つめた。視界が湾曲する。頭上のひさしがのしかかってくる。いったん目を閉じて、また開いた。

入口はすぐ目の前だ。手を伸ばす。指が震えている。その指がハンドルをつかもうとしたちょうどそのとき、ドアが勢いよく開いて、若い男性が出てきた。この顔は知っている。タケダ家の息子さんだ。

間近で顔を見たのは──レンズを通してではなく面と向かって見たのは──一年ぶりか。背が伸びて、顎や頬は黒いひげでうっすらと覆われているけれど、いまもあいかわらずあの言い表しようのない〝いい子らしさ〟を発散していた。少年少女と数多く接した経験からわたしが即座に見分けられるようになったもの、頭を取り巻く目に見えない光の輪のようなもの。リヴィにもある。イーサンにもある。

少年は──若者と呼ぶべきだろう（それにしても、名前をどうしても思い出せないのはなぜ？）――片方の肘でドアを押さえ、お先にどうぞと身ぶりで伝えてきた。わたしの目は、チェリストらしいあの繊細な両手に引き寄せられた。わたしはひどいなりをしているだろうに、礼儀正しく道を譲ろうとしてくれている。両親の育て方がよかったのだとリジーなら言うだろう。わたしがどこの誰か、気づいているだろうか。自分でも見分ける自信が持てないくらいの変わりようだと思うけれど。

少年とすれ違って店のなかに入ったとたん、記憶が解凍された。以前は週に何度か、家でコーヒーを淹れるゆとりがなかった朝などに、この店に寄っていた。オリジナルブレンドのコーヒーはものすごく苦かったが――いまも変わっていないだろう――この店の雰囲気が気に入っていた。その日のお勧めが油性ペンで走り書きされたひび割れた鏡、五輪マークみたいな輪染みがいくつもついたカウンター、ひたすら懐メロを流しているスピーカー。「飾り気のなさの演出《ミザンセーヌ》」わたしが初めて連れていったとき、エドはそう言った。

「それ、矛盾してると思うの」わたしは言った。

「じゃあ、ただ飾り気がないことにしておこう」

飾り気がなく、そして変わっていない。病室はわたしを押しつぶしたけれど、今日は違う――ここは既知の土地だ。わたしはまばたきをした。大勢の客を見渡し、レジの上に掲げられたメニューをさっと眺めた。コーヒー一杯が二ドル九十五セント。ちょっとご無沙汰しているあいだに、五十セントの値上がり。すごいインフレ率だ。

　傘を下ろす。傘が足首をかすめた。

　ずいぶん長いあいだ、わたしは何も見ずに過ごしてきた。何も感じず、何も聞かず、何のにおいにも触れていなかった。人の体が発散するぬくもり、数十年前に流行した音楽、コーヒー豆を挽く力強い香り。店のすべてが黄金色の光に包まれ、スローモーションで展開していく。一瞬だけ目を閉じ、大きく息を吸いこんで、記憶の糸をたぐる。

　あのころのわたしは、外の世界をふつうに動き回っていた。このカフェにも悠然と入った。冬のコートを着こんで。サンドレスの裾を膝で翻《ひるがえ》して。誰かと体が触れあうこともあった。他人に微笑みかけ、他人と会話もした。

　ふたたび目を開けると同時に、黄金色の光は薄れて消えた。わたしは薄暗い空間にいて、雨に洗われた窓際に立っている。鼓動が加速した。

　ペストリーが並んだカウンターのそばで赤い炎が揺らめいた。あの女だ。デニッシュを品定めしている。顔を上げたところで、鏡に自分が映っていることに気づく。手で髪をかき上げる。

　わたしはじりじりと距離を詰めた。視線を感じる――彼女のではなく、ほかの客の目が集まり、開いた傘を振り動かしているバスローブ姿の女を眺め回している。話し声を切り開いて、誰もいない道筋がわたしの前に伸び、わたしはそれをたどってカウンターを目指す。割れた海が元に戻るように、話し声が再開してわたしを沈めた。

彼女まで、あと一メートルほど。あと一歩でも近づけば、手を伸ばして彼女に触れることができそうだ。髪をつかめる。引っ張ることだってできる。

そのとき、彼女はわずかに向きを変えて片手をポケットに入れ、特大サイズのｉＰｈｏｎｅを引き出した。画面の上を軽やかに踊る彼女の指、微妙に表情を変える彼女の顔が、鏡越しに見えた。メールの相手はアリステアだろうか。

「すみません」バリスタが声をかけた。

女はまだ携帯をいじっている。

「すみません」

ここでわたしは――いったい何のつもり？――咳払いをし、小さな声で言った。「あなたの番よ」

彼女は手を止め、わたしのほうにうなずいた。「あらごめんなさい」それからカウンターの向こうのバリスタに言った。「スキムラテ、ミディアムサイズで」

わたしの顔に目を向けることさえしなかった。鏡にわたしが映っている。背後霊のように彼女の背後に張りついている。彼女を裁くために現れた報復の天使。

「スキムラテ、ミディアム。コーヒーと一緒に何かいかがですか」

わたしは鏡を見る。彼女の口を見る。定規で引いたような薄い唇。わたしのジェーンとは対照的だ。怒りが湧き上がり、大きくふくらんで、脳味噌のすぐ下まで達した。「いいえ」彼女は一瞬迷って答えた。それから、小さな口を三日月形にして言った。「いいえ、やめておくわ」

背後から、椅子の脚が床をこするコーラスが聞こえた。肩越しに振り返ると、四人連れの客が帰っていくところだった。わたしはまた前を向いた。

バリスタは騒音に負けない大きな声で尋ねた。「お名前は？」

そのとき、鏡越しに彼女とわたしの目が合った。彼女の肩がびくりと跳ねた。口もとの笑みが溶けて消えた。

一瞬、時間が凍りついた。道をはずれて断崖絶壁から飛び出すときと同じ、声をのむような一瞬。

彼女は振り返らず、視線をそらさないまま答えた。同じ歯切れのよい調子で。「ジェーン」

ジェーン。

その名は泡ぶくのように唇まで昇ってきて、のみこもうとしたときにはもう遅かった。彼女がくるりと振り返り、視線の槍でわたしを貫いた。

「ここで会うとは意外ね」まなざしと同じで、無表情な声だった。サメの目だ。冷たくて、無情で。ここにいることに一番驚いているのはこのわたしと切り返したかったけれど、言葉は舌の上からすべり落ちた。

「あなたには……障害があるんじゃなかったかしら」彼女が続けた。毒を含んだ口調だった。

わたしは首を振った。彼女はそれ以上何も言わずにいる。

わたしはまた咳払いをした。〝彼女はどこなの？　あなたはどこの誰？〟そう訊きたかった。〝あなたは誰で、彼女はどこにいるの？〟周囲で渦を巻く話し声に、頭のなかの言葉まで巻きこまれた。

「何？」

「あなたは誰？」よし、言えた。

「ジェーン」それは彼女の声ではなく、バリスタの声だった。カウンターに身を乗り出して、ジェーンの肩を軽く叩く。「ジェーンご注文のスキムラテです」

彼女はわたしから目をそらさない。殴りかかってくるのではと警戒するような目をじっと向けている。〝わたしは評判のいい精神分析医なのよ〟そう言ってやることもできるし、言うべきだろう。〝そっちはたかが嘘つきのペテン師じゃないの〟

「ジェーン？」バリスタがまた呼びかける。「スキムラテができましたよ」

彼女はカウンターに向き直り、厚紙のスリーブを巻いた紙カップを受け取った。「答えるまでもなく知ってるでしょう」わたしにそう返す。

わたしはまた首を振った。「ジェーンなら知ってるわ。会ったから。自分の家にいる姿を見たから」声は震えていたが、言葉は明瞭だった。

「あれはわたしの家よ。あなたは誰も見ていない」

「いいえ、見たわ」

「見ていない」彼女は言った。

「いいえ――」

「酒飲みなんですってね。それに精神系の薬ものんでるそうじゃない」彼女は歩き始めた。獲物をうかがう雌ライオンのように、円を描いて。わたしはその動きについていこうと、その場でゆっくり向きを変えた。子供になった気分だ。周囲の話し声は停滞し、中断した。ぴんと張り詰めた静寂が訪れた。視界の隅、カフェの隅に、タケダ家の少年がいて、ドアのそばにまだ立っていた。

「あなたはわたしの家をのぞいてる。わたしをつけ回してる」

わたしは首を振った。右、左。のろのろと。馬鹿みたいに。

「いいかげんにしてもらいたいわ。いまのままじゃ暮らしていけない。あなたはそれでいいのかもしれないけど、わたしたちには無理なの」

「彼女はどうしたのか、それだけ教えて」わたしはかすれた小さな声で言った。

堂々巡りのスタート地点に戻ってしまった。

「誰の話か、何の話か、さっぱりわからない。警察に連絡しますから」彼女は肩でわたしの肩を押しのけた。ブイをよけるように、テーブルを器用によけて出口に向から彼女を、わたしは鏡越しに見送った。

彼女がドアを開けると、ベルが小さな音を鳴らした。彼女が出ていってドアが乱暴に閉まると、また鳴った。

わたしはその場に突っ立っていた。店内は静まり返っている。わたしは傘を見下ろした。目を閉じる。〝外の世界が侵入してこようとしている〟。苦しい。つぶれてしまいそうだ。しかも、今度も新しいことは何もわからなかった。

例外は一つ――彼女はわたしに反論したわけではない。少なくとも、反論しただけではない。

罪を認めたのだとわたしは思った。

62

すぐ後ろから、押し殺したような声が聞こえた。優しい手がわたしの肘を支えている。

「ドクター・フォックス？」

わたしは振り返り、片方だけ薄目を開けた。

タケダ家の少年だ。

あいかわらず名前が出てこない。わたしは目を閉じた。

「何かお困りなら、お手伝いします」

わたしは困っているだろうか。家から二百メートルほど離れた場所、カフェの真ん中で、バスローブ姿のまま、固く目をつむってゆらゆら揺れている。そうね、誰かの手を借りたほうがよさそうだ。わたしはうなずいた。

肘を支える手に力がこもった。「こっちです」

カフェの出口に誘導された。わたしの傘は、白杖のように椅子やほかの客の膝にぶつかった。コーヒーとおしゃべりを楽しむざわめきが低く聞こえている。

まもなくベルがちりんと鳴り、冷たい風が吹きつけて、タケダ少年の手の感触が背中に移動する。その手に押されるまま、わたしは外に出た。

外気はじっと動かない。霧雨はやんでいた。少年が傘に手を伸ばそうとしているのを感じて、わたしは傘を引き寄せた。

少年の手はわたしの肘に戻った。「お宅まで送ります」

歩いているあいだ、タケダ少年の手は、血圧測定のカフのようにわたしの腕をしっかりつかんでいた。わたしの動脈の拍動を感じているだろうか。付き添われて歩くなんて、なんだか奇妙だった。年寄りの気分だ。目を開いて、少年の顔を見たい。でも、目は閉じておいた。

歩いたり、止まりかけたりを繰り返した。タケダ少年はわたしのペースに合わせていた。わたしたちの足が枯れ葉の背骨を次々に折っていく。車が一台、左側を追い越していくため息のような音が聞こえた。頭上の木の枝から雨水がしたたって、わたしの頭や肩に落ちた。あの女も歩道の先のほうを歩いているのだろうか。追ってくるわたしを気にして振り返る姿を想像した。

やがて――

「事情は両親から聞いてます」タケダ少年が言った。「たいへんですね」

わたしはうなずいた。目はやはり閉じておく。また少し歩いた。

「外に出たのは久しぶりなんですよね」

このところびっくりするほど頻繁に外出してるのよ、と思ったが、またうなずいた。

「あと少しです。もう見えてきました」

喜びで胸がいっぱいになる。

膝に何かがぶつかった。タケダ少年が腕にかけている自分の傘だ。「すみません」少年が謝る。わたしはとくに返事をしなかった。

最後に話したとき――いったいいつのことだろう？　去年のハロウィーンか。一年以上前ということになる。そう、思い出した。週末のくつろいだ服装をしたエドとわたし、消防車の仮装をしたオリヴィアのノックに応えて、この少年が玄関を開けたのだ。オリヴィアの仮装を褒め、バックパックにお菓子を入れて、楽しいハロウィーンをと言ってくれた。本当にいい子だ。

それから十二カ月後の今日、バスローブ姿で目を閉じて外の世界を締め出しているわたしのガイド役を買って出て、こうして一緒に道を歩いてくれている。

なんていい子なんだろう。

それで思い出した。

「ラッセル家の人たち、知ってる？」頼りない声だったが、かすれてはいなかった。

少年の動きが止まった。わたしが言葉を発したことに驚いているのだろう。「ラッセル家？」

それはわたしの質問に対する答えも同然だったけれど、もう一度尋ねた。「あなたのおうちのはす向かいの家」

「ああ」少年が言った。「新しく越してきた――いいえ。母は一度挨拶に行かなきゃって言ってますけど、まだ行ってないと思います」

この線もだめか。

「着きました」少年は言って、わたしを右に向かせた。

わたしは傘を上によけておいて、目をこじ開けた。目の前にゲートがあり、頭上に家がそびえ立っていた。身震いが出た。

少年がまた口を開く。「玄関が開けっぱなしですね」

もちろん、少年の言うとおりだ。玄関から、明かりのともったリビングルームまでまっすぐ見通せた。家を顔だとすると、金歯のきらめきのようだった。手に持った傘が力なく揺れた。わたしはまた目を閉じた。

「あなたが開けっぱなしにしたんですか」

わたしはうなずいた。

「それなら」少年の手の感触が肩に移って、わたしをそっと前に押す。

「何してるの？」

タケダ少年の声ではなかった。少年の手がびくりとした。わたしもつい目を開けてしまった。

いつのまにかすぐ横にイーサンが立っていた。サイズが大きすぎるスウェットシャツを着ているせいか、やけに小柄に見え、薄暗がりでやけに青白く見える。こもりニキビができているらしく、片方の眉がひしゃげて見えた。両手でポケットの縁をいじっている。

わたしはイーサンの名前をつぶやいた。

タケダ少年がこちらを向く。「知り合いですか」

「何してるの？」イーサンが一歩前に出て、同じことを尋ねた。「外に出ちゃいけないのに」

事情はあなたの〝お母さん〟から聞くといいわ。わたしは頭のなかで答えた。

「怪我とか、してない？」イーサンが訊いた。

「してないと思う」タケダ少年が答えた。なぜかふいに頭に閃いた。それぞれ、この子の名前はニックだ。

わたしはのろのろと二人の顔を見比べた。ほぼ同じ年ごろだろうに、ニックは完成した彫刻のように形ができあがっていて、若者と呼ぶのが似つかわしい。一方のイーサンは、痩せて、アンバランスに手足が長く、肩は薄くて、額に傷痕があり、ニックと並ぶと子供のように見えた。実際、この子はまだ子供なのだと思い直す。

「ぼくが――ぼくが家のなかまで付き添ってもいい？」イーサンがわたしを見て言った。

ニックもわたしを見る。わたしはまたうなずいた。「いいよ」ニックは言った。

イーサンがさらに一歩近づいて、わたしの背中に手を添えた。その一瞬、わたしは二人の少年を左右に従えることになった。肩甲骨から生えた二枚の翼のように。「ぼくが付き添うのでかまわなければ」イーサンが言った。

わたしは絵の具のように鮮やかなイーサンの青い瞳を見た。「いいわ」わたしは答えた。

ニックが手を離して後退する。わたしはありがとうと言ったが、声にならず、もう一度言い直した。

「どういたしまして」ニックが答え、イーサンに向き直った。「ショックを受けたんだと思う。水を飲ませてあげるといいかもしれない」それから歩道まで下がった。「あとで様子を見に寄りましょうか」

わたしは首を振った。イーサンが肩をすくめた。「そうだね。場合によっては」

「わかった」ニックは片手を上げて左右に小さく振った。「さよなら、ドクター・フォックス」

ニックが歩み去るのと入れ違いに、雨がぱらぱらと振ってきてわたしたちの頭を濡らし、傘に水滴を散らした。「なかに入ろう」イーサンが言った。

63

暖炉でまだ炎が燃えていた。つけたばかりみたいな勢いで。留守にしたあいだ、ずっとつけっぱなしだったのだ。無責任もいいところだ。

おかげで、玄関から十一月の寒風が吹きこんでいるというのに、家のなかは暖かかった。

リビングルームに入ったところで、イーサンがわたしの手から傘を取り、たたんで隅に置いた。わたしは揺らめく炎が手招きしているような暖炉にふらふらと近づき、そこにがくりと膝をついた。

炎の音にしばし耳を澄ました。自分の息づかいに耳を澄ました。

イーサンの視線を背中に感じた。

床置きの振り子時計が、覚悟を決めたように、三つ鐘を鳴らした。

それが合図になったみたいにイーサンがキッチンに行った。流しでグラスに水を汲む。グラスを持ってわたしのところに戻ってきた。

このときにはわたしの呼吸は深く、規則正しくなっていた。イーサンはグラスをすぐそばの床に置いた。ガラスが石にぶつかる音が小さく聞こえた。

「どうして嘘をついたの」わたしは訊いた。

沈黙が流れた。わたしは炎を見つめて答えを待った。

答えの代わりに、イーサンがそこに突っ立ったまま身動きする気配が聞こえてきた。わたしは膝をついたまま向きを変えた。イーサンがわたしを見下ろしている。がりがりに痩せた体、炎に赤く照らされた顔。

「何のこと?」ようやくイーサンが言った。視線は足もとに注がれていた。

わたしは首を振った。「わかってるでしょう」

さらに沈黙があった。イーサンは目を閉じた。扇形に開いたまつげが頰に触れる。急に幼く見えた。もとより幼いのに、さらに幼い。

「あの女は誰なの」わたしは訊いた。

「ぼくのお母さんです」小さな声だった。

「あなたのお母さんには会ったわ」

「違うんだ。あなたは――あなたはわかってない」イーサンは首を振りながら言った。「自分でも何を言ってるかわかってないんだ。お父さんが……」いったん口をつぐんでから言い直した。「お父さんもそう言ってる」

お父さん。わたしは両手で床を押して立ち上がった。「そうね、みんながそう言うわ。友達まで同じことを言う」涙をこらえて続けた。「夫にまで言われた。でも、わたしは確かに見たのよ」

「お父さんは、あなたは頭がおかしいんだって言ってた」

わたしは何も言わなかった。

イーサンは一歩後ずさりした。「もう帰ります。この家には来ちゃいけないんだ」

わたしは一歩進み出た。「お母さんはどこなの？」

イーサンは何も答えず、目を見開いてわたしを凝視した。「追い詰めてはいけない」ウエスリーはわたしたち門下生にいつもそう助言した。でも、もうそんな気遣いをしている状況ではない。

「あなたのお母さんは死んだの？」

反応はない。イーサンの目に炎が映っていた。瞳孔は小さな火花のようだ。

やがてイーサンの唇が動いたが、わたしには聞き取れなかった。

「え？」身を乗り出すと、イーサンはささやくような声でひとことつぶやいた。

「怖いんだ」

わたしが何か言う前に、イーサンはドアに飛びついて勢いよく開けた。開きっぱなしのドアの向こうから、玄関のドアが開閉する音が聞こえた。

わたしは一人、暖炉の前に立ち尽くした。背中に炎のぬくもりを、頬に玄関ホールの冷気を感じながら。

64

玄関ホールのドアをきちんと閉めたあと、水のグラスを床から拾い、中身を流しに捨てた。同じグラスにメルローを注ぐ。ボトルの口とグラスの縁がぶつかる小さな音。もう一度。わたしの手は震えている。

ぐっと深くあおり、同じように深く考える。疲れた。神経がざわついている。ついに外に出た——外を歩いた——そして生還した。ドクター・フィールディングが聞いたら何と言うだろう。ドクターにどこまで話す？　何も言わないのが一番か。そう考えて眉をひそめた。

いくつか新しいこともわかった。あの女は平静を失いかけている。イーサンは怯えている。ジェーンは……どうだろう。ジェーンの行方はわからない。それでも、昨日よりは前進した。チェスで相手のポーンを一つ取ったような気分だ。わたしは思考機械だ。

さらに深く考える。わたしは酒飲み機械だ。

神経のざわつきが治まるまで飲み続けた。振り子時計によれば、一時間。文字盤をなぞっていく分針を目で追いながら、ワインが力強く濃く血管を満たし、わたしを冷やし、わたしを内側から強化していく様子を想像した。それから階段を上がった。踊り場でパンチを見かけたが、わたしに気づくと書斎に逃げこんだ。わたしはあとを追った。

机の上の携帯電話が明るく光った。見覚えのない番号が表示されている。グラスを机に置く。着信音が三度鳴ったところで画面をスワイプした。

「ドクター・フォックス」海溝みたいに深い声。「リトル刑事です。お忘れかもしれませんが、金曜にお会いしました」

わたしは一瞬動きを止め、それから机の前に腰を下ろした。グラスを手の届かない場所に押しのける。「ええ、覚えてます」

「けっこう、けっこう」満足げだった。椅子の背にもたれかかり、片方の腕を頭の後ろに回す姿が思い浮かぶ。「ドクターはお元気でいらっしゃいますかな」

「おかげさまで」

「もっと早くそちらから電話が来るかと思っていましたよ」

わたしは黙って先を待った。

「モーニングサイド病院からこの番号を教えてもらいましてね、様子をうかがおうかと。お元気ですか」

元気だと答えたばかりだ。「おかげさまで」

「けっこう、けっこう。ご家族は？」

「おかげさまでみんな元気です」

「けっこう、けっこう」この話はどこに行こうとしているのだろう。

ここでリトルの声はギアを入れ替えた。「実はですね。ついさっき、お宅のとなりの住人から電話をもらいました」

そういうことか。あのビッチ。まあ、警告はされていた。有言実行のビッチ。わたしはワインのグラスを引き寄せた。

「近所のカフェまで追っていったとか」リトルはそう言ってこちらの反応を待った。わたしは黙っていた。「その、なんだ、あなたがわざわざ今日を選んでミルク入りのコーヒーを買いにいったとは思えませんからね。偶然、カフェで出くわしたとは考えにくい」

ついにやりとしそうになった。

「あなたにとってはいやなことが続きましたね。今週は災難続きだった」わたしは思わずうなずいた。この刑事には釣りこまれずにいられない。きっと優秀な精神分析医になるだろう。「しかし、こんなことをしても誰の得にもなりません。ご自分を含めて」

リトルはまだ一度も彼女の名前を言っていない。そのうちにはっきり口にするだろうか。

「金曜にあなたがおっしゃったことで、感情を害した人がいるわけです。ここだけの話ですが、ミセス・ラッセルは」――ああ、ついに名前を言った――「だいぶストレスを感じているようですね」

ええ、さぞかし大きなストレスでしょうよ。死人の替え玉を演じているんだから。

「息子さんも少し動揺しているようですし」

わたしは口を開いた。「実はさっき――」

「そこで――」リトルは口をつぐんだ。「はい？」

わたしは言葉をのみこむ。「何でもありません」

「本当に？」

「ええ」

リトルは低くうめいた。「そこで、しばらくは無理をしないでくださいとお願いしようと思いましてね。外出なさったのはうれしいかぎりですが」何よそれ、ジョークのつもり？

「猫ちゃんは元気ですか。人嫌いはあいかわらずですか」

わたしは答えなかった。リトルはそのことに気づいていないようだった。

「部屋を貸している男性は元気ですか」

わたしは唇を噛んだ。一階にある地下室のドアは、脚立を立てかけて開かないようにしてある。地下室のデヴィッドのベッド脇には、死んだ彼女のイヤリングがあった。

「刑事さん」わたしは携帯電話を握り直す。もう一度確かめたい。「どうしてもわたしの話を信じてくれないの?」

長い沈黙のあと、リトルは深く重たいため息をついた。「ええ、申し訳ありませんが、ドクター・フォックス。あなたは、自分の見たものは現実に起きたことだと信じてらっしゃるんでしょう。しかしわたしは――そうは思いません」

それ以外の返事を期待したわけではない。けっこう。わたしはそれでかまわない。

「ですが、誰かに相談したくなったら、市警にいいカウンセラーがいます。きっと楽になりますよ。ただ話を聞いてもらうだけでもかまいませんから」

「ご親切にありがとう、刑事さん」わたしは一本調子に言った。

また沈黙が流れた。「ともかく――無理をしないことです。いいですね? ミセス・ラッセルには、あなたとお話ししたと伝えておきます」

わたしは渋面《じゅうめん》を作った。そして、刑事が切る前にこちらから電話を切った。

65

ワインをひと口飲み、電話を持って、廊下に出た。リトルのことは忘れてしまいたい。ラッセル家にまつわることは忘れてしまいたかった。

〈アゴラ〉。新しいメッセージがないか、確かめよう。階段を下り、キッチンの流しにグラスを置く。リビングルームに移動して、電話にパスコードを打ちこんだ。

パスコードが違います。

顔をしかめた。この不器用な指。画面の数字をもう一度タップする。

パスコードが違います。

「どういうこと？」わたしはつぶやく。日が暮れて、リビングルームも暗い。フロアランプのスイッチを入れた。もう一度、慎重に、両手の指を凝視しながら——0‐2‐1‐4。

パスコードが違います。

携帯電話が小さく振動する。締め出されてしまった。いったいどうして。

前回パスコードを入力したのはいつだった？　さっきリトルからの電話に応答するにはパスコードは必要なかった。昼過ぎにボストンに電話したときにはスカイプを使った。頭に霧がかかっている。

腹立ちまぎれに乱暴に階段を上って書斎に戻り、デスクトップパソコンの前に座った。さすがにメールも見られなくなっているということはないわよね？　パソコンのパスワードを入力し、Ｇｍａｉｌのホームページを開いた。メールアドレス入力欄にはユーザー名があらかじめ入力されている。パスワードをゆっくりタイプした。

よかった──無事にログインできた。携帯電話のパスコード初期化の手続きは簡単だった。一分後には着信音が鳴って、仮のパスコードがメールで届いた。それを電話の画面で入力したあと、以前と同じ〈０２１４〉に戻す。

それにしても、何が起きたのだろう。パスコードの使用期限が切れたとか。でも、そもそも期限なんてあった？　わたしが自分で変更したの？　単純な入力間違い？　爪を嚙む。記憶力が衰えた。手先の器用さも。ワイングラスをじろりと見る。

受信箱にいくつか新着メールがある。ナイジェリアの王子を名乗るスパムメールが一通、残りは〈アゴラ〉の常連からのメールだ。一時間ほどかかって返信した。マンチェスターのミッツィは、これまでと別の種類の抗不安剤に切り替わったのだがと相談してきていた。Kala88は婚約したそうだ。GrannyLizzieは今日の午後、息子さんたちの付き添いでほんの少しだけ外を歩いたという。わたしもよ、と心のなかで応じた。

六時を回ったころ、疲労の雪崩《なだれ》が押し寄せてきてわたしを生き埋めにした。わたしはへたった枕のように二つ折りになって机に突っ伏した。睡眠が必要だ。今夜はテマゼパムを倍に増やそう。イーサンのことを考えるのはまた明日にする。

かつての患者のなかの一人に、年齢のわりにおとなびた子がいて、カウンセリングの始めにかならずこう言った。「ありえないと思われるかもしれないけど、このあいだね……」しかし、そのあとに続くのは、ふつうとしか言いようのない日常のできごとだった。いま、あの子の気持ちがよくわかる。ありえない話だ。ありえない話だけれど、ついさっきまでただ事ではないという気がしたものごと――木曜日以来ずっとわたしを急き立てていたものごと――がふいに、寒風に吹かれた炎のように小さくなって消えかけているように思える。ジェーン。イーサン。あの女。アリステアでさえ。

わたしは燃料切れを起こしかけていた。「燃料はぶどう由来か」エドが冷やかす声が聞こえる。好きに言いなさいよ。

あの二人とも話そう。明日。エド。リヴィ。

11 月 8 日　月曜日

66

「エド」

一拍おいて——もしかしたら一時間過ぎていたかもしれない——

「リヴィ」

わたしの声はふわりと広がった。目に見えた。顔の前を漂う小さな幽霊、凍てつく空気に浮かぶ白い影。

すぐ近くから鳥のさえずりが途切れることなく聞こえている。認知症の鳥なのか、同じ高さの短い音をひたすら繰り返している。

やがて聞こえなくなった。

視界で赤い潮が緩慢に揺れている。頭の芯が脈打ち、脇腹がうずいていた。骨折したみたいに背中が痛い。喉は焼け焦げたかのようだ。

つぶれたエアバッグが頬に当たっていた。ダッシュボードは真っ赤に輝き、ひび割れたフロントガラスがこちらに向かってたわんでいた。

わたしは顔をしかめた。目の裏で何かのプロセスが再起動を繰り返している。システムエラー、機械の故障のようだ。

息を吸いこもうとして、咳《せ》きこんだ。喉から苦痛のうめき声が漏れた。頭の向きを変えると、脳天が車の天井にこすれた。ふつうなら届かない。そうよね？　しかも、唾液が上顎にたまっている。どうして——

頭のなかの警報音がやんだ。

車が上下逆さまになっている。

また咳きこんだ。両手を頭の周囲にやって生地を押す。押せば車をひっくり返せるというように。自分がまっすぐに立てるというように。自分のか細い泣き声と、喉がごぼごぼいう音が聞こえた。

頭の向きをさらに変える。エドが見えた。反対のほうを向いたまま動かない。耳から血がにじみ出ていた。

名前を呼びかけた。呼びかけようとした。冷え切った空気にかすれた声を、煙の色をした小さな雲を吐き出す。喉が痛い。シートベルトが首に食いこんでいた。

唇を舐めた。上の歯茎にできた隙間に舌が触れた。歯が一本折れている。

シートベルトはウェストにも食いこんでいて、針金のようにきりきりと痛めつけてくる。右手でバックルのボタンを押す。もっと強く。息が止まるかと思ったころ、ようやくかちりと音がした。ベルトがヘビのように体の上をすべって、わたしの体が車の天井に向かってずり下がった。

鳥のさえずり、シートベルト未着用の警告音が不規則に途切れ始めて、やがてやんだ。口から噴水のように吐き出された息が、ダッシュボードのランプを浴びて赤く輝いている。わたしは両手を天井につき、体を支えて、首を巡らせた。

オリヴィアはシートベルトでバックシートから逆さまに吊り下げられていた。ポニーテールが揺れている。わたしは首をねじり、肩を天井に押し当てて手を伸ばし、オリヴィアの頰に触れた。指が震えた。

オリヴィアの肌は、氷のように冷たかった。

肘が天井にぶつかり、両脚が片側に投げ出されて、蜘蛛《くも》の巣状にひび割れたサンルーフに着地した。ガラスがじゃりじゃりと音を立てた。わたしは膝を引きずり、どうにか体勢を立て直すと、オリヴィアのほうへと這った。心臓が胸を破って飛び出しそうだった。オリヴィアの肩を両手でつかむ。揺する。

叫んだ。

激しく揺すった。オリヴィアがわたしの動きと一緒に揺れ、髪も揺れた。

「リヴィ」わたしは叫んだ。喉が裂けたような痛みが走り、口のなかに、唇に、血の味が広がった。

「リヴィ」大きな声で呼びかける。涙があふれて頬を濡らした。

「リヴィ」そうささやきかけると、オリヴィアが目を開けた。

心臓が止まりそうになった。

オリヴィアがわたしを見る。わたしの目の奥をのぞきこみ、ひとことだけ小声で言った。

「マミー」

オリヴィアのシートベルトのバックルを親指で押した。しゅっと音がしてベルトがはずれ、わたしはオリヴィアの頭を受け止め、体を両腕で抱き寄せた。娘の手足はウィンドチャイムの金属棒のようにぶつかり合った。片方の腕が袖のなかでぶらぶらしていた。

サンルーフにオリヴィアを横たえた。「しゃべらないで」そうささやく。オリヴィアは声一つ上げていないのに、目はふたたびきつく閉じてしまっていたのに。まるでお姫様のように見えた。

「リヴィ」肩を揺すると、オリヴィアの目がまた開いてわたしを見た。「リヴィ」わたしは繰り返した。笑みを見せようとした。顔が麻痺《まひ》したようだった。

ドアのほうに身をよじらせ、ハンドルをつかんで引っ張った。もう一度。ラッチがはずれる音がした。ウィンドウガラスに手を当てて押す。ドアは音もなく動いて暗闇にすべり出た。

体を前方に伸ばして両手を地面に押し当てた。掌を雪の冷たさが焼く。肘を地面に食いこませるようにして膝を立て、体を引き寄せた。上半身が車の外に出て、雪の上に投げ出された。わたしの重みで、積もった雪がつぶれた。車から体を引きずり出していく。腰。もも。膝。すね。足。車のコートフックにパンツの折り返しが引っかかった。強引に引き剝《は》がして、車から脱出した。

仰向けになった。背骨に電気のような痛みが走った。息を吸う。痛みに顔をしかめた。首がはずれたみたいに、頭がごろりと向きを変える。

時間がない。時間がない。体勢を立て直し、脚を引き寄せ、ちゃんと動くことを確かめてから車のそばに膝をついた。周囲を見回す。

上を見る。視界がねじれ、回転した。

ボウルを逆さまにしたような空は、無数の星と、無限の空間だ。月は惑星のように大きく、太陽のようにまぶしい。その下の谷に木目のようにくっきりと影と光が刻まれている。雪はほぼやんでいて、はぐれた雪ひらがときおり舞い落ちてくるだけになっていた。生まれたての世界のように見えた。

そして、音……

静かだった。完全な、究極の静寂。そよとも風はなく、木の枝が動くこともない。サイレント映画、スチール写真だ。体の向きを変えると、立てた膝の下で雪がつぶれる音がした。

現実に戻る。車は前につんのめって鼻先を地面に押しつけ、後部が少し持ち上がった状態で危なっかしく止まっていた。あらわになったシャーシが昆虫の腹のようだ。体が震えた。背骨が引き攣《つ》れた。

車に今度は頭からもぐりこみ、オリヴィアのダウンジャケットをしっかりつかんだ。思いきり引っ張る。サンルーフの上を引きずり、ヘッドレストの横を引きずり、車から引きずり出した。ぼろ人形のように力ない小さな体を胸に抱き寄せる。名前を呼ぶ。もう一度呼んだ。オリヴィアが目を開いた。

「おはよう」わたしは言った。

オリヴィアのまぶたは震えながら閉じた。

車のすぐ横に寝かせたが、転覆してきたらと考え、少し離れた場所に移した。オリヴィアの頭が片側に垂れそうになった。わたしはそれを受け止め——そっと、そっと——まっすぐ空を向くように直した。

一息つく。肺はふいごのように音を立てている。娘を、雪に横たわった天使を見つめた。怪我をした腕に触れてみた。反応がない。もう一度、少し強く触ると、オリヴィアの顔が歪んだ。

次はエドだ。

ふたたび車にもぐりこんだところで、バックシートからエドを引きずり出すのは無理だと悟った。すねで踏ん張るようにして後ずさりし、車外に出た。前のドアハンドルをつかむ。引っ張る。さらに引っ張る。かちりと音が鳴って、ロックがはずれた。ドアが開く。

ダッシュボードの警告灯の、救急車の赤色灯を薄めたような光を浴びて、エドの肌は赤らんで見えた。赤いランプはなぜついているのだろう、これだけの衝撃を受けて、バッテリーが無事だったなんて不思議だと思いながら、エドのシートベルトをはずした。結び目をほどいたように、エドがもたれかかってきた。わたしは脇の下に両手を差し入れた。そして引っ張った。シフトノブに頭をぶつけながら、天井の上を引きずる。ようやく車の外に出たところで見ると、エドの顔は血だらけだった。

立ち上がり、引っ張り、よろめきながらオリヴィアのところまで戻り、エドをとなりに横たえた。オリヴィアが身動きをした。エドは動かない。わたしは彼の手を取り、袖を押し上げて手首に指を押し当てた。弱いけれど、脈はあった。

三人とも車の外に出た。満天の星の下、宇宙の底に。蒸気機関車のような音が聞こえていた──わたしの呼吸の音だ。肩で息をしていた。脇腹を汗が伝い落ち、首筋を濡らした。

背中に手を回し、慎重に探った。はしごを上るように、指先で背骨を確かめていく。肩甲骨にはさまれた脊柱に燃えるような痛みを感じた。

息を吸い、吐く。オリヴィアの口、エドの口から、弱々しく吐き出される白い息を見つめる。

後ろを振り返った。

わたしの目は、蛍光灯のように白い月光に照らされた、高低差百メートルくらいありそうな絶壁を上へとたどった。その上のどこかに道路が通っているはずだけれど、たどりつくのは無理、登るのは不可能だ。わたしたちは、山のお腹から突き出した小さな岩の棚に転落していた。その向こう、そして下には何もない。あるのは星空、雪、空間。そして静寂だ。

携帯電話。

ポケットを叩いた——前、後ろ、コートのポケット。それから、エドがわたしの電話を持っていたこと、わたしに奪われまいとしたことを思い出した。そのあと車の床に落ち、跳ね回り、わたしの足もとに転がったことも。画面には発信者の名前が煌々《こうこう》と表示されていた。

またしても車にもぐりこみ、両手で天井を隅々まで探ったあげく、フロントガラスの上にあったのを見つけた。画面は無事だった。傷一つついていないのを見て、衝撃を受けた。夫は血を流し、娘は重傷を負い、わたしも怪我をし、乗っていたSUVはめちゃくちゃに壊れた。なのに、電話は無傷で生き延びた。別の時代、別の惑星の遺物。10：27pmと表示されていた。道をはずれて飛び出してから、ざっと三十分が経過したことになる。

車内にうずくまって、親指で画面をタップし——9・1・1——電話を耳に当てた。電話のかすかな振動が頰に伝わった。

発信音が聞こえない。わたしは眉をひそめた。

いったん電話を切り、車から外に出て、画面をよく見た。〈圏外〉。雪に膝をつく。もう一度試す。

反応なし。

さらに二度、試した。

反応なし。反応なし。

立ち上がり、スピーカーフォン・モードに切り替え、電話を持った手を空に突き上げた。

反応なし。

雪につまずきながら、車の反対側に回った。そこで試す。もう一度。四回。八回。十三回。途中で数がわからなくなった。

反応なし。

反応なし。

反応なし。

叫び声を上げた。爆発するようにほとばしり出て、やすりのように喉をこすり、夜にぶつかって薄氷のようにはじけ、無数のこだまとなって吸いこまれた。舌が焼きつくまで、声が嗄れるまで、わたしは叫び続けた。

勢いよく振り返った。めまいがした。電話を地面に投げつけた。電話は雪に埋もれた。拾い上げると、画面は濡れていた。また投げつけた。もっと遠くへ。恐怖が全身を駆け巡った。飛びついて、雪を掘り返した。電話をつかむ。雪を払い、また電話をかけた。

反応なし。

オリヴィアとエドのところに戻った。並んで横たわり、月に照らされて青白く光る二人は、ぴくりとも動かない。

むせび泣きが喉もとまでせり上がった。空気を求めてもがきながら出ていく。膝の力が抜け、脚が折りたたみナイフのように二つ折りになった。わたしは地面に倒れこんだ。這って夫と娘のあいだに入った。そして泣いた。


目が覚めると、電話を握ったままの指は冷え切って青ざめていた。00：58am。バッテリーはだいぶ消耗して、残り一一パーセントしかない。どうってことないわと自分に言い聞かせた。どうせ九一一にかけられないんだから。誰にも電話できないんだから。

それでもまた試した。やはり電話はつながらない。

左を見て、右を見る。わたしの左右に横たわったエドとリヴィの息は浅いが、安定していた。エドの顔には乾いた血が点々とつき、オリヴィアの頬には髪が張りついている。オリヴィアの額に手を当ててみた。冷たい。車のなかで寒さをしのぐほうが賢いだろうか。でも、もし車が……不安だった。車が転がったら？　まさかとは思うけれど、爆発したら？

上半身を起こした。立ち上がった。壊れた車を見る。空を見上げる。真ん丸の月、幾千万の星。それから、ゆっくりと山のほうを向いた。

電話を持った手を大きく前に伸ばし、杖のように左右に振りながら山に近づいた。画面上で親指を動かし、懐中電灯ボタンをタップする。まばゆい光、手のなかの小さな星。

真っ白な光が照らし出した岩の壁は、真っ平らでへこみ一つない。指をかけられそうな亀裂、つかめそうな雑草や木の枝、岩の出っ張りは一つも見当たらなかった。土と岩屑があるだけ、ただの壁のように人を拒絶している。小さな岩棚の端から端まで歩き、くまなく目を凝らした。夜にのみこまれてしまうまで、光を上に向けた。

何もない。すべてが無に変わっていた。

バッテリー残量一〇パーセント。０１：１１ａｍ。

子供のころ、星座が好きで、夏の夜になると、裏庭の芝生に腹ばいになり、アオバエのけだるげな羽音を聞きながら、画用紙を広げて星図を作った。いま、わたしの頭上を冬の勇者たちがきらめきながらパレードしていこうとしている。帯を締めた明るいオリオン座。後ろ足で立ってそのあとを追うおおいぬ座。おうし座の肩を飾る宝石のようなすばる。ふたご座。ペルセウス座。くじら座。

かすれた声で、星座の名前を呪文のように唱えてリヴィやエドに聞かせる。二人の頭はわたしの胸の上にあって、わたしの息づかいに合わせて上下している。二人の髪をなで、エドの唇を、オリヴィアの頬を指でなぞった。

白く煙る星空。その下で、わたしたちは震えた。眠った。


04：34am。震えながら目が覚めた。二人の様子を確かめる。まずオリヴィア、次にエド。エドの顔に雪を押し当てた。エドは動かない。雪で肌をそっとこすって血の汚れを取った。エドが身動きをした。「エド」わたしは肩をそっとつついて呼びかける。返事はなかった。また脈を確かめた。速く、弱くなっていた。

わたしの胃袋が不満の声を漏らした。夕飯を食べそこねたことを思い出した。二人ともお腹が空っぽだろう。

車にもぐりこむ。ダッシュボードのランプは消えかけていた。探しものを見つけた。後部座席のウィンドウに張りついてつぶれかけていた。ピーナツバターとジャムのサンドイッチと紙パック入りのジュースを詰めたダッフルバッグ。持ち手をつかんだとき、ランプが完全に消えた。

外に出て、サンドイッチのビニール包装を剥がし、手に張りついてきたのを振り払った。風がたちまちさらっていき、ビニールは蜘蛛の糸のように空高く舞い上がって、妖精のように、幻のように消えた。パンの端をちぎってオリヴィアの口もとに持っていった。「起きて」静かに声をかけ、頬をそっとなでると、オリヴィアの目が開いた。「食べて」パンを口に入れてやる。オリヴィアの唇が開く。パンは溺れかけたスイマーのようにそこで上下したあと、沈んでオリヴィアの舌の上に落ちた。ジュースの紙パックからストローを剥がし、飲み口に差す。レモネードがストローを伝ってあふれ、雪の上にしたたった。オリヴィアの頭の下に腕を差し入れ、頭を持ち上げてストローをくわえさせ、パックを指で押した。レモネードが口に流れこむ。オリヴィアがむせる。

頭をさらに起こす。花の蜜を吸うハチドリのように少しずつ、オリヴィアは飲んだ。まもなく頭が力なく揺れてわたしの掌の上に落ち、目を閉じた。わたしはオリヴィアを優しく地面に横たえた。

次はエド。

かたわらに膝立ちになったが、エドは口を開けようとしない。目を開けることさえしなかった。パンのかけらを唇にそっと押しつけ、そうすれば顎がゆるむのではというように頬をなでたりもしたが、エドはやはり動かない。恐怖がせり上がってきた。エドの口もとに顔を近づけた。温かな息が吹きかかった。弱々しいが、休みなく呼吸を繰り返している。わたしは息を吐き出した。

食べるのは無理でも、飲むくらいはできるだろう。乾ききったエドの唇をわずかな雪で湿らせ、ストローを差しこむ。パックを押す。レモネードが口の両端からあふれて顎に伝い、無精ひげにつかまって点々とした模様になった。「飲んで」わたしは懇願したが、レモネードは逃げるように彼の顎を伝い落ちた。

ストローを抜き取り、雪を少しだけ取ってエドの唇に置いた。舌の上にも載せた。溶けて喉に落ちるだろう。

わたしは雪の上に座り直し、ストローでジュースを飲んだ。レモネードは甘ったるかった。それでも全部飲み干した。

車から、パーカやスキーパンツが入ったダッフルバッグを引き出した。全部出して、リヴィとエドを覆った。

顔を上に向ける。空はありえないほど広かった。

まぶたにおもりを置かれたように、光を感じた。目を開いた。すぐに目を細めた。深い雲の海のような空はどこまでも、果てしなく続いていた。タンポポの形をした雪がはらはら落ちてきては、肌に触れて破裂する。電話を確かめた。0

7：28am。バッテリー残量は五パーセント。

オリヴィアは眠っているあいだに姿勢を変えていて、体は左腕の上に乗り、痛めた右腕は後ろにだらりと垂れていた。頰を地面に押しつけている。体をまっすぐに直してやり、顔についた雪を払った。親指でそっと耳の輪郭をなぞる。

エドはまったく動いていなかった。口もとに顔を近づけてみた。まだ息はある。

ジーンズのポケットに押しこんであった電話を引き出し、ぎゅっと握って幸運を祈ってから、また九一一に電話をかけた。固唾《かたず》をのんで待ったその一瞬、発信音が聞こえた気がした。本当に聞こえた気がした。

やはり電話は通じない。画面を見つめた。

車を見つめた。裏返ってしまったカメのよう、深手を負った動物のように、無力な姿。不自然だった。申し訳なさそうに見えた。

足もとの谷に目を凝らす。とげのような木々、かなたに銀色の細いリボンのような川。

わたしは立ち上がった。そして後ろを振り返った。

山がわたしを見下ろしている。こうして明るいなかで見ると、ゆうべは高低差を見誤ったようだとわかった。上の道路から少なくとも二百メートルは落ちたようだし、岩の壁は、ゆうべ見上げたときよりもっと人を険しく拒み、突き放しているように見えた。アップ、アップ、アップ、アップ、頂上まで視線を登らせた。

無意識のうちに手を喉もとにやっていた。わたしたちはこれだけの距離を転落した。これだけの落差を生き延びたのだ。

さらに首をのけぞらせて空を見た。目を細めた。こんなに広くていいわけがないと思った。広すぎる。ドールハウスのなかのミニチュアになった気がした。外から、はるかかなたから見た自分、ちっぽけな点にすぎない自分が目に浮かぶ。空に背を向けた。体がぐらついた。

視界が揺れ動く。脚の内側で何かがざわめく感覚があった。

首を振り、目をこすった。世界は勢力を失い、境界線の向こう側に退却した。

エドとオリヴィアに付き添いながら、数時間うたた寝をした。目が覚めたとき――11：10am――雪がうねりながらわたしたちを襲い、鞭《むち》のような風が頭上を吹き荒れていた。どこか近くで雷鳴が低く轟いている。顔を濡らす雪ひらを払い、わたしは立ち上がった。

視界がまた、波紋のように揺れ動いた。今回は磁石で引き寄せられたみたいに左右の膝が力なくくっついた。地面が迫ってくる。「やめて」喉から絞り出すようなかすれた声で言った。雪のなか片手を振り回してバランスを取り戻そうとした。

わたしはどうしてしまったのだろう。

時間がない。時間がない。地面を押して立ち上がった。足もとに横たわるエドとオリヴィアは、なかば雪に埋もれていた。

わたしは二人を車のほうに引きずっていった。

時間の歩みはなぜあれほど鈍かったのだろう。あれからの一年を思い返すと、逆さになった天井に横たえたエドとオリヴィアのそばで過ごした数時間より、その後の数カ月のほうが時間が過ぎるのはよほど早かったように思える。雪は満潮に向かう海のように車のウィンドウに押し寄せ、フロントガラスは雪の重みに耐えかねて軋《きし》み、やがて割れた。

わたしはオリヴィアに歌を歌った。ポップソング、子守歌、即興のメロディ。外から聞こえる音はしだいに大きくなり、車内の明かりはしだいに弱くなった。オリヴィアの耳の渦巻きを間近に観察し、指でなぞり、ささやくような歌をそこに聴かせた。エドと腕をからめ、脚もからみ合わせて、指と指を組んだ。サンドイッチを口に押しこみ、ジュースを一息に飲んだ。ボトルの栓を抜いたところで、ワインはかえって脱水症状を起こさせることを思い出した。でも、飲みたかった。どうしても飲みたかった。

地中に埋められたかのようだった。誰も知らない真っ暗な穴、世界と隔絶された場所に、三人で閉じこもっていた。次にいつ出られるか、どうすれば出られるのか、わからない。いつか出られることがあるのか、それさえわからなかった。


いつのまにか、携帯電話のバッテリーが切れていた。03：40pmに眠りこんだとき、バッテリー残量は二パーセントだった。次に目が覚めると、画面は暗くなっていた。

世界は静まり返っていた。聞こえるのは、風の悲鳴と、オリヴィアの苦しげな息づかい、エドの喉から漏れる泡がはじけるような音だけだった。そしてもう一つ、わたしの体のどこかから小さく聞こえるむせび泣きだけだ。


静寂。絶対の静寂。

車のなかで目が覚めた。視界がかすんでいた。しかし次の瞬間、車内に光が細く射しこんでいることに気づいた。フロントガラスの向こうがぼんやりと明るい。加えて、それまで聞こえていた音の代わりに、静寂があった。まるで生き物のように車内に忍びこんで居座っていた。

体を伸ばしてドアハンドルをつかんだ。かちりと確かな感触が伝わってきたのに、ドアは動かない。

まさか。

まず膝立ちになり、次に背中の痛みをこらえて仰向けになると、ドアに足の裏を当てて押した。ドアは少しだけ動いたが、積もった雪に邪魔されてそれ以上は開かない。ウィンドウを蹴った。靴のかかとを何度も叩きつけた。ドアが根負けして開いた。小さな雪崩が車内に押し寄せた。

外のまぶしさに目を閉じ、腹ばいで身をよじらせて外に出た。目を開けると、かなたの稜線沿いに夜が白《しら》み始めていた。膝をついて体を起こし、視界に広がる新世界を見回した。白い雪で覆われた谷、遠くを流れる川、わたしの足が踏みしめているビロードのような雪。

膝立ちのまま、わたしはよろめいた。そこに大きな破裂音が轟いた。フロントガラスがつぶれかけているのだ。

片足を、次にもう一方を雪に沈みこませながら車のフロント側に回ると、ガラスがあったところに大きな穴が開いていた。助手席側のドアから車内に戻った。ふたたび二人を車の残骸から引っ張り出す。まずはオリヴィア、次にエド。そしてふたたび地面に二人をとなり合わせに寝かせた。

白い息を吐きながら二人を見下ろす。視界がまたしてもぼやけた。空がこちらにふくらんできて、わたしを押しつぶそうとしているような気がした。わたしはうずくまった。目をきつく閉じた。

わたしは咆哮《ほうこう》した。心臓は破れんばかりに打っていた。地面に腹ばいになって、オリヴィアとエドを両腕で抱き寄せ、雪に顔を埋めて泣いた。

その状態で、わたしたちは発見された。

67

月曜日の朝、目が覚めて最初に頭に浮かんだのは、ウェスリーと話したいということだった。

ずいぶん寝相が悪かったらしく、体にからみついたシーツをリンゴの皮をむくように剝がさなくてはならなかった。窓から射す陽光が寝具を明るく照らしている。火照《ほて》った肌は内側から光を放っている。美しい人間になった気がした。

電話は顔のすぐ横、枕の上にあった。呼び出し音を聞きながら、一瞬、ウェスリーは電話番号を変えたかもしれないと思った。しかしまもなく、圧力さえ感じるようなウェスリーの大きな声が聞こえた。「メッセージをどうぞ」ほとんど命令だ。

メッセージは残さなかった。代わりに、クリニックに電話をかけてみた。

「アナ・フォックスと申しますが」電話を取った女性にわたしは告げた。声が若い。

「ドクター・フォックス。フィービーです」

わたしの勘違いだった。「ごめんなさい」フィービーとは一年近く一緒に仕事をした。どう考えても若くはない。「あなたの声だととっさにわからなくて」

「気にしないでください。風邪を引いちゃったみたいで、いつもと声が違って聞こえるでしょうから」気を遣ってくれている。フィービーらしい。「お元気ですか」

「元気よ、おかげさまで。ウェスリーはいま手が空いてる？」フィービーは律儀な人だから、きっとウェスリーとは呼ばずに──

「ドクター・ブリルは」思ったとおり、他人行儀に呼んだ。「午前中いっぱいカウンセリングの予定なので、のちほどお電話するよう伝えておきます」

わたしは礼を言い、こちらの番号を伝え──「ええ、わたしのファイルにあるとおりの番号ですね」──電話を切った。

ウェスリーはかけ直してくるだろうか。

68

階段を下りる。今日はワインを飲まないと決めていた。少なくとも午前中いっぱいは飲まない。ウェスリーの――ドクター・ブリルの電話に備えて、頭をはっきりさせておかなくては。

大事なことから先に片づけよう。キッチンに入り、脚立が最後に見たときのまま地下室のドアに立てかけてあることを確認した。火がつきそうなくらい明るい朝の光のなかで見ると、いかにも頼りなくて滑稽だった。デヴィッドが肩からドアにぶつかれば、こんな脚立くらいあっけなく壊れてしまうだろう。疑念が一時《いっとき》、頭に忍びこんだ。デヴィッドの部屋のベッドサイドテーブルに女物のイヤリングがあったのは確かだけれど――だから何？〝彼女のものと決まったわけじゃない〟とエドから指摘された。そのとおりだ。小粒の真珠が三つ並んだイヤリング。わたしだって似たようなものを持っている。

脚立を見つめた。細長いアルミの脚を動かして、いまにもこちらに向かって歩きだすのではないかとでもいうように。カウンターの上、家の鍵が下がったフックのとなりで光を浴びて輝いているメルローのボトルを見る。だめ。酔っ払うわけにはいかない。それに、いまごろは家中がワイングラスだらけになっている。（そういう光景をどこかで見たような気がする。ああ、それか。サスペンス映画の『サイン』だ。二流の映画だけれど、バーナード・ハーマン風の音楽はすばらしかった。おませな娘が飲みかけの水のグラスを家中に放置しており、それが宇宙からの侵略者を撃退する切り札になる。「水アレルギーのエイリアンが、なんで地球に来る気になったんだ？」とエドはぶつぶつ言った。三度目のデートで見た映画だった）

また注意散漫になりかけている。階段を上って書斎に入った。

机についてマウスパッドの横に携帯電話を置き、パソコンに接続して充電を始めた。パソコンの時計を見る。十一時を回ったところだった。思っていたより遅い。テマゼパム一錠で熟睡したらしい。正確には、テマゼパム数錠、複数形だ。

窓から外を見る。真向かいの家からミセス・ミラーが定刻どおりに現れ、玄関のドアを音もなく閉めた。今朝は黒っぽい冬のコートを着て、白い息を吐いていた。わたしは携帯電話のお天気アプリを立ち上げた。外気温は零下十一度。立ち上がって踊り場に行き、セントラルヒーティングの設定温度を上げた。

リタのご主人はどこでどうしているのだろう。最後に見かけてネット検索をしてから、もう何日もたっている。

机に戻った。公園に面した窓からラッセル家を眺める。どの部屋にも人の気配はない。イーサン。イーサンともう一度話をしなくちゃ。昨日、イーサンの心が揺らいだのがわかった。〝怖いんだ〟と言い、怯えた目を見開いた。追い詰められた子供。手を差し伸べるのがわたしの使命だ。ジェーンの身に何が起きたにせよ、そう、彼女がどこへ行ってしまったのであれ、息子を守ってやらなくてはならない。

次の手は？

唇を嚙む。それからチェス・フォーラムにログインして、対戦を開始した。

一時間後、正午を回ってもまだ、何の閃きも訪れなかった。

ついさっきボトルとワイングラスにキスをさせて――念のため、もう午後になっている――また考えごとに戻った。その問題は環境騒音のように頭の奥で静かに鳴り続けていた。どうやってイーサンと連絡を取る？　考えながら、数分ごとに公園の向こうに視線を投げた。ラッセル家の外壁に答えが書いてあるのではと期待するように。固定電話には連絡できない。イーサンは携帯電話を持っていない。何らかの信号を送ろうとすれば、父親のアリステア――あるいはあの女――に先に見られてしまうかもしれない。メールアドレスもないとイーサンは言っていた。フェイスブックのアカウントもない。〝この世に存在しないも同然〟だ。

イーサンは、わたしに負けないくらい孤立している。

椅子の背にもたれてワインを飲む。グラスを置いた。窓台をじりじりと這う真昼の陽射しを目で追う。パソコンの通知音が鳴って、わたしの番だと知らせる。相手のミスを誘う位置にナイトを動かす。相手の次の手を待つ。

画面上の時計は12：12。ウェスリーからはまだ電話がない。電話してこないってことはないわよね？　もう一度こちらからかけてみたほうがいいだろうか。携帯電話を取り、画面をスワイプしてロックを解除しようとした。

パソコンが着信音を鳴らす。Gmailに新着メールがある。マウスに手をやり、チェス盤にあったカーソルを動かして、ブラウザをクリックする。もう一方の手でワイングラスを口に運ぶ。陽射しにワインがきらめく。

グラスの縁越しに受信箱を見た。メールは一通だけだ。件名の欄は空白で、送信者名は太字で表示されていた。

ジェーン・ラッセル

前歯がグラスに衝突した。

画面を凝視する。急に空気が薄くなった気がした。

震える手でグラスを机に置いた。なかのワインも震えていた。マウスをつかむと、やけに大きく感じた。わたしは息をするのも忘れていた。

カーソルをその名前に動かす。**ジェーン・ラッセル**。

クリック。

メールが開く。中身は真っ白だ。本文はなく、添付ファイルのアイコン、小さなペーパークリップのアイコンが一つあるだけだった。それをダブルクリックした。

画面が暗くなる。

画像のダウンロードが開始された。ゆっくりと、一度に一走査線ずつ。濃い灰色の粗い線の集まりが下に向かって積み重なっていく。

わたしは呆然としていた。まだ息を殺していた。

黒っぽい線が一本ずつ増えていく。ゆっくりと下りるカーテンのようだ。一秒過ぎ、また一秒が過ぎる。

やがて――

やがて、何かもつれ合ったもの……木の枝？　違う。毛髪だ。黒っぽい髪、もつれた髪のクローズアップ。

白い肌の丸み。

目、閉じた目。縦になった目。それを縁取るフリルのようなまつげ。

横向きに寝ている人物だ。いまわたしが見ているものは、誰かの寝顔だ。

わたしの寝顔だ。

画像はふいに大きく広がった。下半分は一瞬のうちに現れた。わたしだ。わたしの頭と顔の全体が見えた。額に髪が一筋垂れている。目はぎゅっと閉じられ、唇は軽く開いていた。頬は枕に埋もれている。

跳ねるように立ち上がった。背後で椅子が倒れた。

ジェーンから、わたしの寝顔の写真が送られてきた。その事実は、画像と同じように、わたしの脳に時間をかけてダウンロードされた。一度に一走査線ずつ。

ジェーンが夜のあいだにこの家に忍びこんだ。

ジェーンがわたしの寝室に忍びこんだ。

ジェーンがわたしの寝顔を見た。

呆然と立ち尽くした。静寂が耳を聾《ろう》した。まもなく、画像の右下に数字がうっすらと並んでいることに気づいた。撮影日時だ。今日の日付と、〈02：02am〉という時刻。ゆうべの夜中。午前二時。ありえない。送信者の欄に括弧つきで表示されたメールアドレスを見た。


guesswhoamna@gmail.com——だーれだ《guesswho》。

69

つまり、ジェーンではないということだ。誰かがジェーンの名前を騙《かた》っている。誰かがわたしを愚弄している。

思考は矢印のようにまっすぐ下を指していた。デヴィッド。ドアで隔てられているデヴィッド。

た。

ローブ越しに自分の胸を抱く。考えて。パニックにならないで。落ち着いて。

デヴィッドがドアを破ったのか。違う――脚立は最後に見たときのまま動いていなかった。

とすると――胸を抱く手は震えていた。前に乗り出し、両手を机についた。とすると、デヴィッドは鍵を複製したのか。彼とベッドに入った夜、踊り場から物音が聞こえた。あのとき家のなかをうろついて、キッチンから鍵を盗んだのだろうか。

でも、あの鍵なら、つい一時間前にフックから下がっているのを見たし、デヴィッドが出かけた直後に地下室のドアが動かないようにした。あのあとふたたび入る方法はなかったことになる。

ただし――そうか、入る方法はあった。複製した鍵を使って、いつでも好きなときに入ることができた。オリジナルの鍵をキッチンに返せた。

でもデヴィッドは昨日の晩は留守だった。コネティカット州に行くと言っていた。

少なくとも、本人からはそう聞いている。

画面に表示された自分を見る。半月形を描くまつげ、上唇からのぞく前歯。まるで気づいていない。まったくの無防備だ。体が震えた。喉の奥のどこかから苦い味がせり上がった。

だーれだ《guess who》。仮にデヴィッドではないとしたら、いったい誰？　なぜわざわざメールを送ってくるの？　この誰かはこの家に忍びこみ、寝室に入り、わたしの寝顔の写真を撮っただけではない。そのことをわたしに知らせようとしている。

その誰かは、ジェーンのことを知っている。

両手でグラスを持ち上げた。ワインを飲む。ぐっと一息に。それからグラスを置くと、電話を取った。

リトルの声は皺だらけで柔らかい。枕カバーみたいだ。眠っていたのかもしれない。かまわない。

「誰かがわたしの家に入ったの」リトルに告げた。わたしはキッチンに下り、片手に電話を、もう一方にグラスを持ち、地下室のドアをにらみつけている。ありえない現実を言葉にしてみると、薄っぺらで説得力を欠いているように思えた。真実味がない。

「ドクター・フォックス」上機嫌な声が返ってくる。「ドクター・フォックスですね？」

「誰かがわたしの家に侵入したのよ。ゆうべ、午前二時に」

「ちょっと待ってください」電話を片方の耳から反対に移動させる気配。「何者かがお宅に侵入した？」

「ゆうべ、午前二時に」

「どうしてそのとき通報しなかったんです？」

「そのときは寝てたから」

リトルの口調がゆるむ。わたしの言い分に弱点を見つけたつもりでいる。「寝ていたなら、侵入者があったとどうしてわかるんです？」

「写真を撮ってメールで送りつけてきたから」

間があった。「写真？　何の？」

「わたしの。寝顔の」

「確かよ」

次に聞こえたとき、リトルの声はさっきより近かった。「それは確かですか」

「そうなると――怖がらせようってつもりはありませんが……」

「もうとっくに怖いわ」

「いま、家に誰もいないのは確かですか」

わたしは動きを止めた。それは考えていなかった。

「ドクター・フォックス？　アナ？」

「はい」誰もいないはずだ。誰かいるなら、さすがに気配でわかるだろう。

「外に――外に出ることはできますか」

噴き出しそうになったけれど、「いいえ」と答えるだけにとどめた。

「ですよね。では――そこを動かないで。とにかく――そこにいてください。このまま電話をつなぎっぱなしにしたほうが安心ですか」

「そんなことよりすぐ来て」

「ええ、我々もすぐに行きます」我々。ノレッリも来るということだ。好都合だ――今回こそ来てもらいたい。今回は本物だからだ。否定できない事実だからだ。

リトルはまだ話している。受話器に鼻息がごうごうと吹きかけられていた。「わたしの指示に従ってください、アナ。玄関のドアの前にいること。万が一、外に出る必要が生じた場合に備えて。ものの何分かで行きますが、万が一に備えて……」

わたしは玄関ホールに出るドアを見た。そちらに歩きだす。

「もう車に乗りました。すぐに行きます」

ゆっくりとうなずいた。ドアはもうすぐそこだ。

「最近、映画は見ましたか、ドクター・フォックス」

ドアを開ける勇気が出ない。その向こうのトワイライト・ゾーンに足を踏み出すことができない。首を振った。髪が揺れて頬をくすぐった。

「古いサスペンス映画がお好きでしょう」

また首を振り、見ていないとリトルに答えようとしたところで、まだワイングラスを持ったままでいることに気づいた。いま侵入者がいようといまいと——たぶんいないと思うけれど——グラスを持ったまま刑事を迎えることはできない。どこかに置いてこなくちゃ。

でも、手がひどく震えていて、ワインがグラスの縁を越えてローブの胸に跳ねかかり、心臓のすぐ上に血のような赤い染みができた。傷口のようだ。

耳もとでリトルがまだおしゃべりを続けていた。「アナ？ どうかしましたか？」わたしはこめかみに電話を押し当てたままキッチンに戻り、グラスを流しに置いた。

「……大丈夫ですか」リトルが訊く。

「大丈夫」そう答えながら蛇口をひねり、ローブを脱いでTシャツとスウェットパンツ姿になり、ローブを蛇口の下に押しこんだ。水に打たれたワインの染みが泡立ち、血のように流れ、薄まり、明るいピンク色に変わった。生地をもむ。水は冷たくて、指の関節が白く浮いた。

「玄関に行きましたか」

「ええ」

水を止める。ローブを流しから引き上げて絞った。

「けっこう。そこから動かずに」

ローブの水気を切ったところで見ると、ペーパータオルがない。ホルダーは空だった。そこでテーブルリネンを閉まってある抽斗を開けた。たたんだナプキンのてっぺんに、自分の顔があった。

熟睡中の寝顔を至近距離から撮影した写真ではない。枕となかば一体化した寝顔ではなく、まっすぐ起きていて、笑みを浮かべ、髪は後ろになでつけてあって、目は明るく輝いている——紙にペンで描いた似顔絵。

〝すごい腕前ね〟——あのとき、わたしは言った。

〝ジェーン・ラッセルの署名入り原画〟——彼女は言った。

そして片隅にサインした。

70

手に持った似顔絵が小刻みに震えた。片隅に書きつけられたサインを凝視する。

自信を失いかけていた。彼女は存在しないのではと疑い始めていた。でも、これがある。あの消えた夜の置き土産。形見《メメント》。メメント・モリ――誰もがいつか死ぬことを忘れるな。

思い出せ。

わたしは思い出す。チェスとチョコレート。煙草、ワイン、家のなかをひととおり見せて回ったこと。そして何よりも、ジェーンの記憶が鮮烈に蘇った。大きな口を開けて笑い、お酒を飲むジェーンが、ありありと。歯の銀の詰め物。窓に顔を近づけて自分の家を見ていたこと。〝いい家よね〟――ジェーンはそうつぶやいた。

彼女はここに来たのだ。

「まもなく到着します」リトルの声が聞こえた。

「いま――」わたしは咳払いをした。「たったいま――」

リトルにさえぎられた。「ちょうど角を曲がって……」

どこの角を曲がったのか、聞こえずじまいになった。イーサンが隣家の玄関から出てくるのが窓越しに見えたからだ。ずっと家にいたのだろう。この一時間ほど、飛び飛びにラッセル家をうかがってはいた。キッチン、リビングルーム、寝室。なのにどうしてイーサンがいることに気づかなかったのだろう。

「アナ?」リトルの小さく縮んだような声が聞こえた。わたしは下を向いた。腰のあたりに下ろした手に携帯電話、足もとの床にローブ。次の瞬間、携帯電話をカウンターに置き、似顔絵を流しの横に置いた。指の関節を使って窓ガラスを叩く。

「アナ？」リトルがまた呼びかけている。放っておいた。

なおも激しくガラスを叩く。イーサンは歩道を歩きだしていた。こちらに向かっている。チャンスだ。

何をすべきか、答えが出た。

上げ下げ窓の枠を両手でつかむ。そこに意識を集中し、準備運動のように指を曲げ伸ばしした。目をつぶる。それから窓枠を引き上げた。

氷のような風が体当たりしてきた。あまりの冷たさに心臓がよろめく。風は服をさらってはためかせた。耳のなかで風が吹き荒れる。全身に冷気が満ちてあふれた。

それでも負けずに彼の名を叫んだ。たったひとことの絶叫。音節が二つ、舌にはじかれて、外の世界へと一直線に飛び出す。「イー……サン！」

静寂が裂ける音が聞こえた。鳥の群れが飛び立ち、通りがかりの人々が足を止める様子を想像した。

それから、息継ぎをして、声を限りに続けた——

「わたしは知ってるの」

わたしは知っている。あなたのお母さんは、わたしの言ったとおりの人だったし、彼女はこの家に来たし、あなたは嘘をついている。

叩きつけるように窓を閉め、窓ガラスに額をもたせかけた。目を開ける。

イーサンは歩道の上で凍りついたように立ち止まっていた。大きすぎるダウンコートを着て、小さすぎるジーンズを穿《は》き、髪をそよ風になびかせている。白い息を吐きながら、わたしを見る。わたしは見つめ返した。胸が大きく上下し、心臓は時速百五十キロで疾走していた。

イーサンは首を振った。そしてまた歩きだした。

71

姿が見えなくなるまでイーサンを目で追った。肺がしぼみ、肩はすぼまり、冷気がキッチンをうろついた。できるだけのことはしたのだ。それに、イーサンは家に逃げ帰ったりはしなかった。

それでも。それでも。刑事たちはいまにも到着するだろう。似顔絵もある――見ると、風に飛ばされ、裏返しになって床に落ちていた。腰をかがめて似顔絵を拾い、ぐしょ濡れのローブも拾い上げた。

玄関のブザーが鳴った。リトルだ。立ち上がり、携帯電話を取ってポケットに入れた。急ぎ足で玄関ホールのドア脇に行き、拳でボタンを突いてオートロックを解除した。曇りガラスを見る。ぼんやりとした影が近づいてきて、まもなく人の形になった。

手に持った似顔絵が震えた。待ちきれない。ノブをつかんでひねり、ドアを引き開けた。イーサンだった。

驚いて、挨拶の言葉も出なかった。片手に似顔絵を持ち、もう一方の手のローブから水滴をしたたらせたまま、呆然と見つめた。

外の寒さのせいだろう、イーサンの頬は赤かった。そろそろ床屋に行ったほうがよさそうだ。前髪は眉に届き、横は耳の下まで伸びている。目は大きく見開かれていた。

そのまま見つめ合った。

「いきなり大声で呼ばれてびっくりした」イーサンが静かに言った。

予想外の言葉だった。思わずこう返した。「ほかに連絡する方法が思い浮かばなくて」

足に、床に水が跳ねていた。ローブを持ち上げて腕に抱えた。

階段にいたパンチが小走りにやってきて、イーサンのすねに直行した。

「用は何？」イーサンは下を向いて言った。わたしに訊いているのか、猫に訊いているのかわからない。

「あなたのお母さん、やっぱりうちに来てたのよ」わたしは言った。

イーサンはため息をつき、首を振った。「あなたは――妄想性の病気だから」慣れない表現だからか、その言葉はぎこちない。どこで覚えたのかは考えるまでもなかった。誰と結びつけて覚えた言葉なのかも。

わたしも首を振った。「違うわ」唇がひとりでに笑みを描いた。「違うの。これを見つけたのよ」似顔絵をイーサンの目の前に差し出す。

イーサンが絵を見た。

家が静まり返った。聞こえるのは、パンチがイーサンのジーンズに体をこすりつけるかすかな音だけだ。

イーサンの表情をうかがった。ぽかんと絵を見つめている。

「これ、何？」

「わたしよ」

「誰が描いたの？」

わたしは首をかしげて絵をのぞきこみながら、一歩近づいた。「ここのサインを見て」イーサンが紙を受け取り、目を細めた。「だけど――」

ブザーが鳴って、二人とも飛び上がった。そろって玄関のほうを振り返る。パンチはソファへと一目散に逃げていった。

イーサンの目を意識しながら、インターフォンのボタンを押す。玄関ホールに足音が響き、人の形をした高波のように大きなリトルが現れた。続いてノレッリが入ってくる。

二人の目はまずイーサンをとらえた。

「これはどういうこと？」ノレッリは険しい視線をわたしに向けた。

「誰かが家に忍びこんだようだというお話でしたよね」リトルが言う。

イーサンはわたしを見たあと、玄関のほうを横目でちらりと見た。「ここにいて」わたしは言った。

「あなたは帰って」ノレッリが言う。

「ここにいて」わたしは大きな声で言った。イーサンは動かずにいる。

「家のなかを確認しましたか」リトルに尋ねられて、わたしは首を振った。

リトルはノレッリにうなずいた。ノレッリはキッチンを横切ろうとして、地下室のドアの前で足を止めた。脚立をじっと見てから、わたしを見る。「間借り人が」わたしは言った。

ノレッリは無言で階段に向かった。

わたしはリトルに向き直った。両手をポケットに入れている。目はわたしをまっすぐ見ていた。わたしは一つ大きく息を吸った。

「いろいろ――いろいろあったの。まずこれが送られてきた……このメール」ローブが床に落ちてべしゃりと音を立てた。わたしはローブのポケットから電話を取り出した。

メールをタップし、写真を拡大する。リトルは巨大な手を差し出して電話を受け取った。リトルが写真をしげしげと見る。わたしは身震いした。ここは寒いし、わたしはまともに服を着ていない。髪はぼさぼさで、いかにも寝ていましたといった風だろう。急に人目が気になった。

イーサンも落ち着かないらしく、片方の足からもう一方へとせわしなく重心を移している。リトルと並ぶと、ひどく華奢《きゃしゃ》に見えた。それこそ折れてしまいそうだ。わたしは抱き締めてやりたくなった。

リトルは電話の画面をスクロールした。「送信者はジェーン・ラッセル」

「でも、違うの」わたしは言った。「メールアドレスを見て」

リトルが目を凝らす。「guesswhoanna@gmail.com」慎重に確かめながら読み上げた。

わたしはうなずいた。

「撮影時刻は午前二時二分」顔を上げてわたしを見る。「メールの送信時刻は、今日の昼、十二時十一分」

わたしはまたうなずいた。

「このアドレスから、以前にもメールが届いたことはありましたか」

「いいえ。警察なら……送信元をたどれるんじゃない？」

背後からイーサンの声が聞こえた。「メールって？」

「写真が」とわたしは説明しかけたが、リトルが話を先に進めた。「家に侵入なんてできるものですかね。防犯アラームは設置していないんですか」

「ないわ。だって、わたしはいつも家にいるから。必要ないでしょう……」わたしは語尾をのみこんだ。必要だという証拠がいまリトルの手のなかにあるのだから。「アラームはありません」わたしは言った。

「何が写った写真？」イーサンが訊く。

リトルは今度はイーサンに顔を向け、じっと見据えて言った。「質問はそのくらいに」イーサンがひるむ。「きみはそっちで待っていてくれないか」イーサンはソファに移動し、パンチと並んで座った。

リトルはキッチンの勝手口に近づいた。「何者かがこの家に侵入しようと思えばできた」とげのある声に聞こえた。鍵を回し、ドアを開けて、また閉めた。冷たい風がキッチンを通り抜けた。

「現に侵入したのよ」わたしは指摘した。

「防犯アラームが設置されていないのなら、という意味ですよ」

「そういう意味なら、そうね」

「何か盗まれたものはありますか」

それには考えが及んでいなかった。「わからない。パソコンも携帯電話も無事だけど——わからない。確かめなかった。そんなことより怖かったから」そう付け加えた。

リトルの表情が和らいだ。「そりゃそうでしょう」さらに優しげな表情になる。「写真を撮影する機会があった人物に心当たりは？」

わたしは口ごもった。「鍵を持ってるのは——鍵を持ってるかもしれない人物は、地下室の間借り人だけ。デヴィッド一人です」

「デヴィッドはいまどこに？」

「わからない。泊まりがけで出かけると言ってたけど——」

「地下室の住人は鍵を持っているんですか。それとも持っている可能性があるというだけですか」

わたしは腕組みをした。「可能性があるだけ。地下室——デヴィッドの部屋の鍵はまた別なの。でもデヴィッドが……わたしのを盗んだのかもしれない」

リトルはうなずいた。「デヴィッドとのあいだにトラブルはありましたか」

「いいえ。でも——いいえ」

リトルはまたうなずいた。「ほかにも何か？」

「この前——彼は——この前、デヴィッドに剃刀《かみそり》を貸したの。いえ、カッターナイフね。それがいつのまにか返されてた」

「デヴィッドのほかに、この家に入ることができた人物はいないんですね」

「ええ、誰もいません」

「頭のなかを整理してるだけですから」リトルはここで深く息を吸うと、突然大きな声を出した。わたしはぎくりとした。「おい、ヴァル？」

「まだ上の階」ノレッリの大声が聞こえた。

「何か見つかったか」

静寂。わたしたちは待った。

「とくに何も」大きな声。

「荒らされたところは？」

「ない」

「物入れに誰かひそんでいたりは？」

「それもない」階段を下りてくる足音が聞こえた。「いま下りていきます」

リトルはわたしに向き直った。「つまり、何者かが忍びこんで——どうやって入ったのかはわかりませんが——あなたの写真は撮ったが、ものは盗《と》らなかったということになる」

「そうね」わたしの話を疑っているの？　わたしはリトルの手にある電話をまた指さした。それが質問の答えを知っているのではというように。事実、それが答えではないか。

「おっとすみません」リトルは電話をわたしに返した。

ノレッツリがコートの裾を翻しながらキッチンに戻ってきた。「どうだ？」リトルが訊いた。

「異状なし」

リトルがわたしに微笑む。「安全を確認できました」わたしは答えなかった。

ノレッツリが来て話に加わる。「通報の件は——？」

わたしは電話を差し出した。ノレッリは受け取らなかったが、画面をのぞきこんだ。

「ジェーン・ラッセル？」ノレッリが訊く。

わたしはジェーンの名前の横のメールアドレスを指さした。ノレッリの顔を険しい表情がよぎる。

「同じアドレスからこれまでにも何か送られてきていますか」

「いいえ。いまちょうどその話を――いいえ、これが初めてです」

「Ｇｍａｉｌアドレスですね」ノレッリが言い、リトルと目を見交わした。

「そうね」わたしは両腕で胸を抱くようにした。「逆探知できるんでしょう？　この場合は送信元を突き止めると言うのかしら」

「それは」ノレッリは上半身を起こした。「難しいと思います」

「どうして？」

ノレッリはリトルのほうに小首をかしげた。「Ｇｍａｉｌのアドレスです」リトルが言った。

「そうね。だとしたら何？」

「ＧｍａｉｌはＩＰアドレスを明かさない」

「どういう意味なのかさっぱり」

「Ｇｍａｉｌアカウントの所有者を突き止める方法はないということです」リトルが続ける。

わたしは彼を見つめた。

「それに」ノレッリが言葉を継ぐ。「あなたが自分でこのメールを送ったとしても、誰にもわからないということでもある」

わたしは振り返ってノレッリを見た。ノレッリは胸の前で腕を組んでいた。

思わず笑ってしまった。「何を言ってるの？」わたしは言った。ほかに言うことがない。

「あなたがその電話を使ってそのメールを送ったとしても、わたしたちには証明のしようがないということです」

「どうして――どうして？」わたしはしどろもどろに言った。ノレッリがびしょ濡れのローブにちらりと目を落とす。わたしはかがんでローブを拾った。ただ立っていずにすむように。この場にいくらかでも秩序を取り戻すために。

「この写真、わたしの目には、真夜中のセルフィーといった風に見えます」

「わたしは寝てるのよ」

「目は閉じていますね」

「それは寝てるから」

「寝ているように見せかけるためかもしれない」

わたしはリトルのほうを向いた。

「こう考えてみましょうか、ドクター・フォックス」リトルは言った。「この家には、侵入者の痕跡が見つからない。盗まれたものもなさそうだ。玄関がこじ開けられた様子はないし、そこの出入口も無傷です」——勝手口を指さす——「それに、あなた以外に鍵を持っている人物はいないというお話でしたね」

「違うわ、地下室を貸している人がこっそり合鍵を作ったかもしれないと言ったのよ」そう言ったはずだ。そうよね？　頭が混乱していた。また身震いが出た。ここの空気は風邪を引いて薬をのんでいるのではという気がした。

ノレッリが脚立を指さす。「あれはどうしてあそこに？」

「間借り人とトラブルが」わたしが答える前に、リトルが言った。

「あの話は——夫の件は？」リトルに訊いたノレッリの口調には何か含みがあるように思えた。不協和音のようなもの。ノレッリは眉を片方だけ上げた。

それからわたしのほうを向いた。「ミズ・フォックス」——今回は、ドクターですと訂正せずにおいた——「前回、警告しましたね。他人の時間を——」

「無駄にしてるのはわたしじゃないわ」わたしはうなるように言った。「そっちでしょう。

あなたたちだわ。誰かがわたしの家に侵入した。その証拠も渡した。なのに、あなたたちは何かしてくれるどころか、わたしの作り話だと言う。前回と同じ。人が刺されたのを見たと話したのに、あなたたちは信じなかった。いったい何があれば信じてくれ――」

似顔絵。

勢いよく振り返った。イーサンはパンチを膝に載せてソファにじっと座っていた。「来て」わたしは言った。「その絵を持ってきて」

「あの子を巻きこむのはよしましょう」ノレッリが割りこもうとしたが、イーサンはもうパンチを片手で抱き上げ、似顔絵を反対の手に持って、こちらに来ようとしていた。聖体拝領のパンを差し出すような恭《うやうや》しい手つきで絵を渡す。

「見て」鼻先に絵を突きつけると、ノレッリは一歩後ずさった。「サインを見て」

ノレッリが額に皺を寄せる。

ちょうどそのとき、今日三度目のブザーが鳴った。

72

リトルがわたしを見る。それからドアの脇に立ってインターフォンのモニターを確かめた。ロック解除のボタンを押す。

「誰？」わたしは訊いたが、リトルはもうリビングルーム側のドアを開けようとしていた。きびきびした足音が聞こえて、アリステア・ラッセルが入ってきた。カーディガンを着て、寒風に吹かれた顔を真っ赤に染めている。この前会ったときより老けこんでいるように見えた。

アリステアの視線がタカみたいに旋回して一同を見回す。最後にイーサンの上に降下して止まった。

「おまえは帰っていなさい」命令するように言った。イーサンは動かない。「猫を下ろして、帰りなさい」

「あなたも見て」わたしは似顔絵をアリステアに向けた。アリステアはそれを無視してリトルに話しかけた。

「来てくださって安心しましたよ」安心とはほど遠い表情だった。「妻から聞きましてね。この人が窓からうちの息子に向かってわめいていたと。ちょうどそのとき、警察の車が停まるのが見えた」わたしの記憶では、前回来たときのアリステアは礼儀正しかった。事態が把握できていないといった風でもあった。今回は違う。

リトルが近づく。「ミスター・ラッセル」

「うちに電話をかけてきたり——そのことはご存じでしたか」リトルは答えなかった。

「わたしが勤めていた会社にまで。わたしが以前勤務していた会社にまで電話をかけたんですよ」

アレックスの密告があったようだ。「解雇されたのはなぜ？」わたしは口をはさんだ。でもアリステアはかまわず話を続けた。憤慨した様子で早口にまくし立てる。

「昨日は妻をつけ回した——この人からその話は聞きましたか。いや、話しているわけがないな。この人はそこのカフェまで妻を尾行したんです」

「その件は承知していますよ」

「尾行して……対決しようとしたんだ」わたしはイーサンを盗み見た。そのあとわたしに会ったことを父親に話していないらしい。

「こうして集まるのはもう二度目ですよ」アリステアは声を荒らげた。「前回この人は、わたしの家で起きた事件とやらを目撃したと言い張った。今度は息子を家に誘いこんだ。いいかげんにしてもらいたいものだな。いったいいつまで続ける気なんだ？」わたしをにらみつける。「この人は危険人物だ」

わたしは似顔絵を突きつけた。「わたしは知ってるのよ、奥さんは——」

「わたしの妻を知らないくせに！」アリステアが怒鳴った。

わたしは口を閉じた。

「誰のことも知らないだろう！ ここに引きこもって、他人の家をのぞき見しているだけなんだから！」

首筋がかっと熱くなった。わたしの腕は力なく体の脇に垂れた。

アリステアはまだ気がすまない様子だった。「わたしの妻とは別の女と……何度も会ったという話をでっち上げたりして。しかしそんな女は——」わたしは次の言葉を待った。殴られると予期して身構えるように。「そもそも存在しないのに」アリステアは言った。「そして今度は息子にしつこく嫌がらせをしている。わたしたち全員に嫌がらせをしている」

部屋は静まり返った。

しばらくして、リトルが口を開いた。「もういいでしょう」

「この人は妄想性の病気なんだ」アリステアは言った。やっぱり。その表現の出どころは父親だった。ちらりと見ると、イーサンは床を見つめていた。

「もういいでしょう」リトルが繰り返す。「イーサン。きみは家に帰っていなさい。ミスター・ラッセル、差し支えなければもう少しお話を――」

一方的に言われてばかりではいられない。

「そうよ、ぜひ話を聞かせて」わたしはうなずいた。「たとえばこれ。説明してもらいたいわね」また腕を持ち上げた。絵を頭上に、アリステアの目の高さに掲げる。

アリステアは手を伸ばして絵を受け取った。「これは？」

「あなたの奥さんが描いた絵」

アリステアの顔から表情が消えた。

「ここに来たとき描いたの。そこのテーブルで」

「それは何です？」リトルがアリステアの横に立つ。

「ジェーンが描いてくれたのよ」

「あなただ」リトルが言った。

わたしはうなずいた。「彼女は確かにここに来た。それが証拠よ」

アリステアが衝撃から立ち直って言った。「いや、何の証拠にもならない」嚙みつくような声だった。「どちらかというと――あんたの頭がおかしいって証明じゃないか。証拠をでっち上げるとはね」アリステアはせせら笑った。「あんたはどうかしてる」

〈ばん、頭がおかしいんだ〉――映画のせりふが頭に浮かぶ。『ローズマリーの赤ちゃん』だ。わたしは眉間に皺を寄せた。「どういう意味？　証拠をでっち上げるって」

「この絵は自分で描いたんだろう」

わたしとアリステアのあいだに立っていたノレッリが口を開いた。「写真を撮って自分に送ったのかもしれないけれど、それをこちらは証明できないのと同じことですね」

わたしは殴られたかのように後ろによろけた。「でも――」

「大丈夫ですか、ドクター・フォックス？」リトルがこちらに踏み出す。

手からまたローブがすべり、ずるりと床に落ちた。

めまいがした。部屋がメリーゴーラウンドのように回っている。アリステアがにらみつけていた。ノレッリの目は険悪な色を帯びている。リトルの手はわたしの肩のあたりで様子をうかがっていた。イーサンは片手で猫を抱いたまま後ずさりした。四人が、四人ともが、ぐるぐる回りながらすり抜けていく。誰にもすがれない。足の下の地面も揺れている。

「この似顔絵はわたしが描いたものじゃない。ジェーンが描いたのよ。ここで」両手を振ってキッチンを指し示す。「写真を撮ったのもわたしじゃないわ。自分で撮ったなんて、ありえない。わたし――何かおかしなことが起きてるのに、誰も助けてくれない」そうとしか表現しようがない。部屋をつかまえようとしても、指先をすり抜けていく。イーサンに近づこうとした。イーサンのほうに腕を伸ばし、震える手で肩をつかんだ。

「息子に触るんじゃない」アリステアの怒声が轟いたが、わたしはイーサンの目をのぞきこんで言いつのった。「何かおかしなことが起きてる」

「何が起きてるって？」

全員が一斉に振り返った。

「玄関が開いてたから」デヴィッドが言った。

73

デヴィッドは入口に立っていた。両手をポケットに突っこみ、使いこまれたバックパックをひょいと肩にかけている。「何の騒ぎかな」デヴィッドが訊き、わたしはイーサンの肩から手を離した。

ノレッリが組んでいた腕をほどく。「あなたは？」

デヴィッドは反対に腕組みをした。「下の部屋に住んでる者だけど」

「ああ」リトルが言った。「噂のデヴィッドですね」

「どんな噂か知らないけどな」

「ラストネームはありますか、デヴィッド」

「たいがいの人にはあるだろう」

「ウィンターズ」わたしは記憶の奥底をさらい、代わりに答えた。

デヴィッドはわたしを無視した。「あんたたちは誰だ？」

「警察です」ノレッリが返事をした。「わたしはノレッリ刑事。そちらはリトル刑事」

デヴィッドはアリステアのほうに顎をしゃくった。「その人は知ってる」

アリステアがうなずいた。「そこにいる人のおかしさを、きみから説明してもらえないか」

「この人がおかしいって？　誰がそんなことを？」

わたしは感謝の念に満たされた。やっと息ができるようになった。味方が見つかった。

次の瞬間、その味方は疑惑の人物であることを思い出した。

「ゆうべはどちらにいらっしゃいましたか、ミスター・ウィンターズ」リトルが尋ねた。

「コネティカット。仕事で」顎の関節をぱきりと鳴らす。「どうして？」

「ドクター・フォックスが寝ているところを写真に撮った人物がいるんです。午前二時ごろ。そのあと、写真をメールで送りつけた」

デヴィッドは目をしばたたいた。「なんでまたそんなことを」それからわたしを見た。「誰かが忍びこんだってことかな」

わたしが答える前に、リトルが言った。「ゆうべ確かにコネティカット州にいらしたことを裏づけられる人物はいますか」

デヴィッドは片方の足を前に投げ出した。「女と一緒だったよ」

「その女性というのは？」

「ラストネームは聞いてない」

「その女性は電話をお持ちですか」

「たいがいの人は持ってるだろう」

「電話番号を教えてください」リトルが言った。

「あの写真を撮ったのは彼以外に考えられないでしょ」わたしは強い口調で言った。

一拍の間があった。デヴィッドが額に皺を寄せた。「え？」

その吸いこまれそうな瞳をのぞきこんだとたん、自信が揺らいだ。「あの写真を撮ったのはあなたなの？」

デヴィッドは鼻をふくらませた。「まさか、わざわざここに帰ってきて——」

「いいえ、誰もそんなことは疑っていませんよ」ノレッリが言った。

「わたしは疑ってるの」わたしはノレッリに言った。

「何の話やら、おれにはさっぱりわからない」デヴィッドは退屈したような声で言った。自分の携帯電話をノレッリに差し出す。「どうぞ。この番号に電話して訊いてみるといい。名前はエリザベス」ノレッリは電話を受け取ってリビングルームに行った。

あとひとことだって飲まずには聞いていられない。わたしはリトルのそばを離れてキッチンに向かった。背後からリトルの声が聞こえた。

「ドクター・フォックスは、となりの家で、ミスター・ラッセルの家で、女性が襲われるのを目撃したそうです。あなたは何かご存じですか」

「いや。悲鳴を聞かなかったかって訊かれたのは、だから？」わたしは振り返らなかった。そのときにはグラスにワインを注いでいた。「あのときも言ったけど、おれは何も聞いてない」

「そりゃそうだろうよ」アリステアが言った。

わたしはグラスを持ったまま振り返った。「だけどイーサンは――」

「イーサン、おまえは帰っていなさい」アリステアが怒鳴った。「何度同じことを――」

「落ち着いてください、ミスター・ラッセル。ドクター・フォックス、いまそれはやめておいたほうがいいと思いますよ」リトルは人差し指をこちらに振りながら言った。わたしはグラスをカウンターに置いたが、手は離さなかった。反抗的な気分だった。

リトルはデヴィッドに向き直った。「公園の向こうの家で、何か変わったことを見ましたか」

「彼の家？」デヴィッドはアリステアを見やった。アリステアは頭から湯気を立てていた。

「こんなのは――」アリステアが言いかけた。

「いや、何も見てないよ」鞄が肩からずり落ちそうになって、デヴィッドは姿勢を正してバックパックを肩にかけ直した。「とくに気にしてなかったし」

リトルはうなずいた。「なるほど。ミセス・ラッセルに会ったことは？」

「ない」

「ミスター・ラッセルとはどういったお知り合いですか」

「わたしが仕事を――」アリステアが答えようとしたが、リトルが片手を上げて黙らせた。

「仕事を依頼された」デヴィッドが言った。「奥さんには会ってない」

「でも、彼女のイヤリングが部屋にあるじゃないの」

全員の視線がわたしに集まった。

「あなたの部屋でイヤリングを見たの」わたしはグラスを握り締めた。「ナイトスタンドにあった。真珠が三つ並んだもの。あれはジェーン・ラッセルのイヤリングよ」

デヴィッドはため息をついた。「いや、あれはキャサリンのだ」

「キャサリン？」わたしは言った。

デヴィッドはうなずいた。「おれがつきあってた相手。つきあったって言うほどじゃないか。何度か泊まっていったことがある女」

「それはいつの話です？」リトルが尋ねた。

「先週だけど。何か関係あるのか？」

「関係ありませんよ」ノレッリがデヴィッドのところに戻ってきて言った。電話をデヴィッドに返す。「エリザベス・ヒューズと話しました。ゆうべはずっとコネティカット州ダリエンで一緒だったそうです。真夜中から、今朝十時まで」

「そのあとまっすぐここに帰ってきた」デヴィッドが言う。

「あなたはなぜ彼の部屋に入ったんですか」ノレッリがわたしに訊いた。

「こそこそ嗅ぎ回ってたんだよ」デヴィッドが言った。

わたしは赤面しつつも反撃した。「カッターナイフを借りていったわよね」

デヴィッドが一歩前に出る。リトルが身構えた。「あんたが出して渡してくれたんだろう」

「そうね、でもわたしに何も言わずに返しておいたのよね」

「そうだよ。小便に行ったとき、ポケットに入ってるのに気づいて元のところに返しておいた。礼を言ってもらってもいいくらいだ」

「タイミングがタイミングじゃない？　だってジェーンが――」

「もういいでしょう」ノレッリが言った。

わたしはグラスを口もとに運んだ。なかでワインが大揺れした。全員が見守るなか、大きくあおった。

似顔絵。写真。イヤリング。カッターナイフ。どれも当たって砕けてしまった。泡ぶくのようにはじけてしまった。もう何も残っていない。

ううん、まだ一つだけあるじゃないの。

ごくりと唾をのみこみ、大きく息を吸った。

「この人、刑務所にいたんですって」

その言葉が口から出たとたん、自分がそんなことを言うなんて信じられないという思いに襲われた。自分の耳を疑った。

「刑務所にいたのよ」そう繰り返した。自分が自分ではないような気がした。それでも続けた。「傷害の罪ですって」

デヴィッドが口を引き結ぶ。アリステアはデヴィッドをねめつけている。ノレッリとイーサンは驚いたようにわたしを見ている。そしてリトルは――リトルは、何とも言えない悲しげな表情を浮かべていた。

「なのに、どうしてもっと追及しないの？」わたしは訊いた。「誰かが殺されるのを見たと話したら」――電話を振り回す――「あなたたちは、想像の産物だって言ったわよね。わたしが嘘をついてると言った」電話をカウンターに叩きつけた。「彼女が描いて、サインまでした絵を見せたら」――アリステアと、彼が持っている似顔絵を指さす――「自分で描いたんだろうと言った。あの家には別人を騙ってる人物がいるのに、あなたたちは身元を確認しない。確かめる努力さえしてない」

前進した。ほんの一歩だけ。すると全員が後ずさった。嵐から、猛獣から逃げるように。いい気分だ。「誰かがわたしの家に忍びこんで、眠っているわたしの写真を撮って、その写真を送りつけてきた――それもわたしが自分でやったことだと言う」喉が詰まり、声がうわずった。涙が頬を伝い落ちる。それでも続けた。

「わたしは頭がおかしかったりしない。どれも作り話なんかじゃない」小刻みに震える指でアリステアとイーサンを指す。「ありもしないものが見えていたりなんてしてない。何もかも、彼の奥さん、彼のお母さんが刺されたときから始まった。あなたたちが調べるべきなのは、それでしょう。質問なら、その件についてしなさいよ。わたしは目撃してないなんて言わないで。わたしは確かに見たんだから」

沈黙。五人とも固まっている。場面を切り取った絵のようだ。パンチまで、尻尾でクエスチョンマークを作った姿で止まっていた。

手の甲で目もとを拭い、鼻の下をこすった。目の上に落ちてきた髪を払いのける。グラスを持ち上げ、ワインを飲み干す。

リトルが動きだした。こちらに来る。足をゆっくり大きく一歩踏み出しただけで、キッチンの半分を横切る。目はわたしの視線をとらえていた。わたしは空のグラスをカウンターに置いた。アイランド型のカウンターをはさんで、わたしたちは向かい合った。

リトルがグラスをふさぐように手を載せ、銃を遠ざけるみたいにカウンターの上をすべらせた。

「実はですね、アナ」低い声、ゆっくりとした口調。「昨日、あなたの主治医と話をしたんです。あなたとの電話を切ったあとに」

口のなかが干上がった。

「ドクター・フィールディングと」リトルが続けた。「病院であなたから名前を聞いていましたから。参考までに、あなたを知っている人物の話を聞いておきたかったので」

心臓がすくみ上がる。

「あなたのことを真剣に考えている人物でもありますし。あなたがわたしにした話、わたしたちにした話を聞いてとても心配しているのだとドクターに話しました。こんな大きな家で独り暮らしだというのも心配でした。ご家族は遠くに住んでいて、話し相手がいないとも聞いてましたから。ところが――」

――ところが。ところが。ところが。リトルが次に何を言おうとしているのか察しがつく。ついにそれを言うのがリトルでよかった。彼は思いやり深くて、温かな声をしているから。彼じゃないなら、とても聞けない。とても耐えられない――

なのに、ノレッツリが横から割りこんだ。「ご主人とお嬢さんは死んだんですってね」

74

これまで誰からもそんな風に言われたことはない。そんな露骨な言葉で言われたことはなかった。

救急処置室の医師もそうは言わなかった。わたしの背中や喉の処置をしながら、「ご主人は間に合いませんでした」と言った。

　看護師長もそうは言わなかった。四十分後、わたしにこう声をかけてきた。「本当にお気の毒です、ミセス・フォックス」それ以上は言わなかった。言う必要がなかった。

　友人たちもそうは言わなかった。エドの友人たち。エドの友人たち。オリヴィアとわたしには友達らしい友達がいないことがそのときよくわかった。エドの友人たちは、お悔やみを述べ、葬儀に参列し、そのあと数カ月がのろのろ過ぎるあいだにほんの何度か連絡をくれた。〝逝ってしまった〟と彼らは言った。あるいは〝いなくなった〟、（神経がそこまで細かくない人は）〝亡くなった〟と言った。

　ビナでさえ、そうは言わない。ドクター・フィールディングでさえ。

　なのに、ノレッリはそう言い放ち、魔法を解いた。ふつうなら口にしない露骨な表現を使った。「ご主人とお嬢さんは死んだんですってね」

　そう、そのとおりだ。二人は助からなかった。二人は逝ってしまった。亡くなった。死んだ。それは否定しない。

「だが、わかるね、アナ」——ドクター・フィールディングの、ほとんど懇願するみたいな声が耳の奥に蘇る——「きみはまさにそのとおりのことをしている——否定しているんだよ。きみは否認の状態にある」

そのとおり、そのとおりだ。

75

それでも――

どう説明したらいい？　他人《ひと》にはわからない。リトルやノレッリ、アリステアやイーサン、デヴィッド。ジェーンにも。だけど、声が聞こえるのだ。二人の声がわたしの内側で、外側で、こだまする。二人がいないこと、喪失感――そう、はっきり言えというなら言える、二人が死んだこと――が胸にのしかかって押しつぶされかけたとき、二人の声が聞こえてくる。話し相手が必要なとき、聞こえる。思いがけない瞬間に聞こえる。「だーれだ？」その声が聞こえたとたん、顔がほころび、胸は喜びに躍る。

そしてわたしはその声に応える。

その言葉は煙のように空中に浮かんで広がった。

リトルの肩越しに、アリステアとイーサンが見えた。二人とも目を見開いている。デヴィッドは口をぽかんと開けていた。ノレッリはなぜか、目を伏せて床を見つめている。

「ドクター・フォックス？」

リトルだ。目の焦点をリトルに合わせた。カウンターの向かい側に立つリトルの顔を、午後の陽射しが明るく照らしていた。

「アナ」リトルが言った。

わたしは動かない。動けない。

リトルは息を吸いこみ、止めた。ゆっくりと吐き出す。「ドクター・フィールディングからすべて聞きました」

目をぎゅっと閉じた。暗闇しか見えない。リトルの声しか聞こえない。

「崖の下に転落しているところを州警察に発見されたと聞きました」

そのとおりだ。その警察官の声を覚えている。山肌を伝い下りながら呼びかけてきたあの太い声は忘れていない。

「その時点で二晩を野外で過ごしていたそうですね。吹雪が続くなか。真冬に」

三十三時間。車が道をはずれて飛び出した瞬間から、ヘリコプターがつむじ風と一緒に上空に現れた瞬間まで、三十三時間。

「救助されたとき、オリヴィアはまだ息があった」

〝マミー〟。小さな体を毛布でくるまれ、ストレッチャーに運び上げられるとき、オリヴィアはささやくようにそう言った。

「しかし、ご主人はもう逝ってしまっていた」

違う。逝ってしまってなどいなかった。ちゃんといた。ちゃんとそこにいたのに、その体は雪のなかでぬくもりを失っていった。あとで内臓の損傷と伝えられた。〝それに寒さも重なった。あなたには後悔すべき落ち度はなかったんですよ〟

後悔していることは山ほどある。

「トラブルが始まったのはそのときだ。外に出られなくなったのはそのときからだった。PTSD。わたしには――わたしには想像さえできません」

わたしは病院の蛍光灯の光に怯えて動けなくなった。パトロールカーに乗せられてパニックを起こした。家から出ようとして、気を失った。一度。二度。さらに二度。そして家に引きこもった。

ドアに残らず鍵をかけた。

窓はみんな閉め切った。

このまま隠れていようと決めた。

「安全だと思える場所が必要だった。それはわかります。救助されたとき、あなたは半分凍ったような状態だった。あなたは地獄を経験した」

爪が掌に深く食いこんだ。

「ドクター・フィールディングのお話では、ときどき……二人の声が聞こえるとか」

わたしはもっと暗い場所に隠れたくて、いっそうきつく目を閉じた。〝でも、幻覚じゃないのよ〟とわたしはドクターに話した。〝ときどき二人がいまもそばにいるふりをすると安心できるの。対処メカニズムの一つよ。もちろん、そればかりじゃ不健全だろうけど〟

「ときどき、あなたも二人の声に応える」

うなじを陽射しが温めていた。〝そういった会話はあまり頻繁にしないほうがいい〟。ドクター・フィールディングはそう忠告した。〝松葉杖がなくては歩けないようなことになりかねないから〟

「わけがわかりませんでしたよ。あなたと話した印象では、ご家族はただ別の場所にいるだけだとしか思えませんでしたから」それは決して間違いではないという指摘はしない。その気力はもうない。わたしは空き瓶のようにうつろだ。

「ご主人とは離れて暮らしているとおっしゃった。お嬢さんはご主人と一緒だと」それも間違いではない。もう疲れた。

「この人は、わたしにも同じことを言った」別の声が聞こえて、わたしは目を開けた。キッチンには光があふれ、影を追い出そうとしている。五人はチェスの駒のように整列していた。わたしはアリステアを見た。

「家族は別の場所に住んでいると言った」アリステアが唇を歪めながら言った。あきれたような目をしている。わたしはそんなことは言っていない。二人は別のどこかに住んでいると言ったことは一度もない。そこは気をつけている。けれどもう関係ない。何もかもどうだっていい。

リトルがカウンター越しに手を伸ばし、わたしの手に重ねた。「本当につらかったでしょうね。あなたはその人に会ったと本気で信じているんでしょう。二人と話ができると信じているのと同じように。オリヴィアや……エドと」エドの名を言う前に短い間があった。名前を思い出すのにちょっと時間がかかったかのように。でもたぶん、この人なりのペースで話をしているだけのことだろう。わたしはリトルの目をのぞきこむ。無限の深さが見えた。

「しかし、いま考えていらっしゃることは、現実ではない」リトルは続けた。雪のように柔らかな声だった。「これに関しては、認めてもらうしかない」

　いつのまにか、わたしはうなずいていた。リトルの言うとおりだからだ。わたしはやりすぎた。いいかげんにしろとアリステアにも言われた。

「あなたを心配している人がいるんです」リトルはわたしの手をぎゅっと握った。指の関節がはじけそうになる。「ドクター・フィールディング。理学療法士」それから？　そう言いたい。ほかには？　「それから……」ほんの一瞬、心が躍った。ほかに誰がわたしを心配してくれているの？　「……二人とも力になろうとしています」

　カウンターに視線を落とした。自分の手に。それを包みこんでいるリトルの手に。彼の金の結婚指輪の鈍い輝きを見つめる。自分の結婚指輪を見つめる。

　静寂はなおも深まった。「ドクターは――ドクター・フィールディングから、いま処方されている薬には幻覚の副作用があると聞きました」

　幻覚のほかには、抑鬱。不眠。自然発火。だけど、これは幻覚じゃないのよ。現実に――

――

「あなたはとくに気にしていらっしゃらないんでしょう。わたしが口を出すことでもありません」

　ノレッリが脇から言う。「ジェーン・ラッセルは――」

リトルはわたしの目を見つめたまま、もう一方の手を上げた。ノレッリは口を閉じた。

「身元は確認できています」リトルは続けた。「二〇七番地の女性のことです。本人が申告しているとおりの人物ですよ」どうやって確認したのかは尋ねない。もうどうだっていい。とにかく疲れた。「あなたが会ったと思っていらっしゃる人ですが――わたしは……あなたは会っていないのだろうと思います」

意外なことに、わたしはうなずいていた。でも、それだったらどうして……

その答えもリトルは用意していた。「通りで倒れたところを助けられたんでしたね。それもあなた自身だったのでは。それは……なんだろう、夢を見たとか」

〝目覚めているあいだも夢を見るとしたら〟……どこで聞いたせりふだろう。

映画のように、その場面がありありと映し出された。ポーチの階段から体を引き起こすわたし、ロッククライミングのように階段を登っていくわたし。体を引きずって玄関に入り、家のなかに入る。記憶が再生されているかのようだった。

「その人はあなたとチェスをしたり、似顔絵を描いたりしたとおっしゃった。それも…………」

そう、それも。絶句するしかない。今回もまた頭に描き出された。ワインのボトル。薬のプラスチック容器。ポーン、クイーン、進軍する白黒二つの軍隊。ホバリングするヘリコプターのように、チェス盤の上空でためらうわたしの手。ペンを握る手、インクで汚れた指。サインの練習だってした。バスルームのガラスドアに、ジェーンの名前を何度も書いた。湯気と水しぶきを浴びて、文字はにじみながらガラスの上を流れ、見る間に消え失せた。

「ドクター・フィールディングは、今回のことはまったく聞いていないとおっしゃった」リトルはここで間を置いた。「話さなかったのは、ドクターから……否定されるのが怖かったからかなと」

わたしの首が横に動き、次に縦に動いた。話さなかった、怖かった。

「あなたが聞いたという悲鳴の件は、わたしには説明できません……」

わたしにはできる。イーサンだ。自分の声ではないと本人は一度も言っていない。それにあの日の午後、イーサンと彼女がリビングルームにいるところをわたしは見たけれど、イーサンは彼女のほうを見てもいなかった。自分の膝を見ていた。二人がけのソファの誰もいないもう半分を見てはいなかった。

イーサンのほうをちらりとうかがった。イーサンはパンチをそっと床に下ろそうとしていた。そのあいだもわたしの目をじっと見ていた。

「写真の件も確かなことはわからない。ドクター・フィールディングによると、抑えこまれた衝動や欲求が無意識のうちに行動や何かに表れることがあるそうですね。もしかしたら今回のことも、あなたなりに助けを求めたということなのかもしれない」

助けを求めた？　そうね、そうなのかもしれない。そうだ、きっとそうだ。だって――〝だーれだ〟。エドやリヴィとのお決まりの挨拶はそれだ。それだった。guesswhoanna――〝だーれだ、アナ？〟

「しかし、問題の夜に目撃したことは……」

問題の夜に自分が何を見たか。わたしは知っている。

映画を見た。生き返った古いサスペンス映画、ふたたび命を得たテクニカラーの映画を見た。『裏窓』を見た。『ボディ・ダブル』を見た。『欲望』を見た。素材フィルムや、他人の生活をのぞき見して巻き起こる騒動を描いた映画のPR映像も数えきれないくらい見た。

わたしは殺人者のいない殺人事件、被害者のいない殺人事件を目撃した。誰もいないリビングルーム、誰も座っていないソファを見た。自分が見たいものを見た。自分が必要としているものを見た。〈独り暮らしで寂しくないのか〉とボギーはバコールに尋ねた。わたしに尋ねた。

〈生まれつき独りぼっちなのよ〉とバコールは答えた。

わたしは違う。独りぼっちになったのだ。

エドやオリヴィアと会話をするくらい錯乱しているなら、架空の殺人事件を企んだりだってするだろう。薬という共犯者がいるのだから、なおさらだ。それに、事故以来ずっと真実を拒絶してきたではないか。事実を曲げ、殴りつけ、打ち砕いてきたではないか。

ジェーン——本物のジェーン、生きて存在するほうのジェーン。もちろんそうだろう、本人が主張するとおりの人物に決まっている。

デヴィッドの部屋にあったイヤリングは、キャサリンだか誰だかのものに決まっている。ゆうべ、わたしの家に侵入者なんていなかったに決まっている。

それは波のようにわたしのなかを駆け抜けた。浜で砕け、汚れを洗い去っていく。波が引いたあと砂浜に残るのは、沈泥《シルト》の白い筋、海を指し示す指のような線だけだ。

わたしは間違っていた。

それだけじゃない——わたしは妄想に振り回されていた。

それでもまだ足りない——わたしのせいだった。わたしのせいだ。

〈目覚めているあいだも夢を見るとしたら、わたしは正気を失いかけているのね〉。それだ。『ガス燈』のバーグマン。

静寂。リトルの息づかいすら聞こえない。

やがて——

「そういうことか」アリステアが唇を軽く開いたまま首を振った。「まったく——驚いたな。とんでもない話だ」わたしをねめつけて繰り返す。「とんでもない話だ」

わたしはぐっとこらえた。

アリステアはつかの間わたしをにらみつけていたあと、また口を開いたが、すぐに閉じた。そしてもう一度首を振った。

まもなくイーサンに合図をして、ドアに向かった。「帰るぞ」

イーサンは父親の後ろから玄関に歩きだしたが、一瞬だけ目を上げた。涙で濡れていた。

「すごく……たいへんだったんだね」小さな声だった。泣きたくなった。

そして行ってしまった。二人が引き揚げていき、玄関が閉まった。

四人だけが残った。

デヴィッドが前に出て、自分の爪先に視線を落としたまま言った。「じゃあ、地下にある写真の子供は——死んだのか」

わたしは答えなかった。

「青写真が出てきたら取っといてくれって言ったのも、死んだ旦那の形見として？」

わたしは答えなかった。

「それにあれは……」デヴィッドは地下室のドアを押さえている脚立を指さした。

わたしは黙っていた。

デヴィッドは、わたしが何か答えたみたいにうなずいた。それからバックパックを肩にしっかりかけ直すと、向きを変えて出ていった。

ノレッリはその後ろ姿を目で追った。「彼からも事情を聴いたほうがいいかしらね」

「あなたに何か迷惑をかけたりといったことはありましたか」リトルがわたしに確かめる。

わたしは首を振った。

「けっこう」リトルは言って、わたしの手を放した。「さて。今後のことを相談するのに、わたしは……適任とは言えない。わたしの仕事は、今回のことに区切りをつけて、みんなが安心して前に進めるようにすることとです。あなたも含めて。あなたの心には大きな負担だったと思います。今日のことはね。だから、ドクター・フィールディングに連絡してください。これは大事なことだと思いますよ」

ノレッリのあのひとことと以来、わたしは一度も声を発していなかった。〝ご主人とお嬢さんは死んだんですってね〟。その言葉が発せられた世界、その言葉を聞いた新しい世界で、わたしの声はどんな風に響くのだろう。想像もつかない。

リトルはまだ話し続けていた。「あなたがぎりぎりのところでがんばっていることはわかっているつもりです。だから――」そこで口ごもった。それから、聞こえるか聞こえないかの声で続けた。「わかっていますから」

わたしはうなずいた。彼もうなずく。

「この家に来るたびに同じことを訊いているように思いますが、一人で大丈夫ですか」

わたしはまたうなずいた。ゆっくりと。

「アナ？」リトルがわたしの顔をのぞきこむ。「ドクター・フォックス？」

〝ドクター・フォックス〟に戻ったらしい。わたしは口を開いた。「はい」ヘッドフォンをつけたましゃべったときの感覚に似ていた。なぜか自分の声らしく聞こえない。くぐもっている。

「それと――」ノレッリが言いかけたが、このときもまたリトルが手を上げ、そしてこのときもまたノレッリは口を閉じた。何を言おうとしていたのだろう。

「わたしの電話番号はわかりますね」リトルが念を押す。「しつこいようですが、ドクター・フィールディングにかならず連絡してください。きっと電話を待っていると思いますよ。みんな心配していますから。みんながね」リトルはノレッリを指す。「ヴァルも含めて。こう見えて、実は優しい人間なんです」

ノレッリはわたしを見つめていた。

リトルは後ろ向きに歩きだした。背を向けるのは気が進まないというように。「これもまたしつこいようですが、市警には相談に乗れそうな人間が大勢いますから」ノレッリが向きを変え、先に玄関ホールに出た。ブーツのかかとがタイルを踏むかつかつという音が響いた。玄関のドアが開く。

あとはわたしとリトルの二人きりだ。リトルはわたしの背後――窓の外を見ていた。「うちの娘たちに何かあったら」少しの間があって、リトルは言った。「わたしだって何をするかわかりません」目はわたしに注がれていた。「どうなるか、わかりません」

それから咳払いをすると、片手を上げた。「じゃ」リトルが玄関ホールに消え、ドアが閉まった。

まもなく、玄関のドアが閉まる音が聞こえた。

キッチンに立ち尽くした。陽光のなか、生まれたり消えたりする塵の銀河を眺めた。手をグラスに這わせた。おずおずと持ち上げ、ゆっくりと回す。口もとに運ぶ。息を吸う。

次の瞬間、グラスを壁に投げつけた。そして叫んだ。生まれてこのかた一度も出したことがないような大声で。

76

ベッドの端に座ってぼんやり前を見つめた。すぐそこの壁の上で影が躍っている。キャンドルを灯《とも》してあった。小さなガラスのポットに入ったディプティックのキャンドル。二年前のクリスマスにオリヴィアからもらったものを、いま初めて使った。フィギエ。オリヴィアはイチジク《フィギエ》が好きだ。

好きだった。

隙間風の亡霊が部屋をうろついている。炎が揺れ、飛ばされまいと芯にしがみつく。

一時間が過ぎた。次の一時間も。


キャンドルの蠟《ろう》はどんどん減っていき、芯はとろりと溶けた蠟に半分沈んでいる。わたしは座ったまま背を丸めている。両手はものあいだに力なく置かれている。

携帯電話が震え、画面が明るくなった。〈ジュリアン・フィールディング〉。週一度のカウンセリングは明日だ。キャンセルしよう。

夜が幕のように下りてくる。

〝トラブルが始まったのはそのときだ〟とリトルは言った。〝外に出られなくなったのはそのときからだった〟

搬送された病院で、わたしはショック状態と診断された。まもなく、ショックは不安に変わった。不安はさらにパニックに変わった。ドクター・フィールディングの診察を初めて受けるころには、わたしは——ドクターの単純明快な診断が、何より的を射ている——「重度の広場恐怖症」になっていた。

自宅という、なじみのある閉じた空間でなくてはいられない。広すぎる空の下、見知らぬ広すぎる空間で二晩過ごしたせいだ。

自分でコントロールできる環境でなくてはいられない——家族がゆっくりと死んでいくのを見守ったからだ。

〝どうしてこんなことになったのか、無理に聞き出そうとは思わないけど〟と彼女は言った。違う。それもわたしが自分で言ったことだ。

こんなことになったのは、人生のせいだ。

「だーれだ」

わたしは首を振る。いまエドとは話したくない。

「調子はどうだ、スラッガー？」

それでもまだ首を振る。話せない。話す気はない。

「ママ？」

やめて。

「マミー？」

わたしは身を縮める。

やめて。


いつのまにか、ベッドに突っ伏して眠っていた。目が覚めたとき首は凝っていて、キャンドルの炎はちっぽけな青い点になって寒さに震えていた。部屋は真っ暗だ。

体を起こし、立ち上がると、錆《さ》びたはしごみたいに体のあちこちが軋んだ。のろのろとバスルームに向かった。

寝室に戻ると、ラッセル家の窓に明かりがともっていた。まるでドールハウスのようだった。イーサンは上階の部屋でパソコンに向かっている。キッチンではアリステアがまな板の上で包丁をシーソーのように動かしていた。まぶしいライトに照らされて、ニンジンのオレンジ色がネオンのように明るい。カウンターにワイングラスが置いてある。わたしは喉が渇いていることを痛烈に意識した。

リビングルームのストライプ柄のラブシートに、あの女が座っている。そうだった。彼女のことはジェーンと呼ぶべきだろう。

ジェーンは携帯電話の画面をタップしたりスワイプしたりしている。家族写真をスクロールして眺めているのだろうか。ソリティアか何かゲームをしているのかもしれない――最近のゲームはみんな、画面がフルーツだらけだという気がする。

あとは、そう、友達と近況をやりとりしているのかもしれない。〝となりの家にちょっとおかしい人がいるって前に話したでしょう、覚えてる……？〟

喉が詰まりそうになる。窓に近づいて、カーテンを閉めた。

真っ暗ななか、立ち尽くす。寒くて、独りぼっちで、不安ともう一つ何か、切望のようなものがあふれかけている。

11 月 9 日　火曜日

77

午前中はベッドにもぐっていた。お昼前に眠い目をこすって画面をタップし、ドクター・フィールディングにメッセージを送った――〈今日はキャンセルしてください〉。五分後、ドクターは電話をかけてきて、留守電にメッセージを残した。再生せずに放っておいた。

そのまま時間が過ぎた。午後三時、空腹が我慢できなくなった。階段を下り、冷蔵庫をのぞいて傷んだトマトを見つけた。

かぶりついていると、エドが話しかけてきた。オリヴィアも。わたしは二人に背を向けた。果肉がどろりと顎を伝った。

猫に食事をやった。わたしはテマゼパムをのむ。もう一錠。三錠目も。体を丸めて眠る。いまは眠ることしか考えたくない。

11 月 10 日　水曜日

78

お腹がすいて目が覚めた。キッチンに下りてグレープナッツ・シリアルをボウルに入れ、今日が消費期限のミルクを少しだけかけた。グレープナッツはあまり好みではない。これはエドのお気に入りだ。だった。シリアルの粒が張りついて、喉が小石の洗い出し加工をした壁みたいになるし、頬の内側もこすれて痛くなる。どうしてこれを買い続けるのか、自分でもわからない。

わからないまま、やはり買う。

ベッドに引き揚げたいが、足をリビングルームに向け、のろのろとテレビの前に行き、下の抽斗を開けた。『めまい』にするか。人違い——というより、なりすましの物語。せりふはすっかり頭に入っている。皮肉な話だけれど、心を慰めてくれそうだ。

「いったいどうしちまったんだ？」制服警官がジェームズ・スチュワートに――わたしに向かって大声を上げる。「この手をつかめ！」ところが、制服警官のほうが足をすべらせて屋上から転落してしまう。

なぜか心が安まる。

映画が半分くらい進んだころ、ボウルにシリアルをおかわりする。冷蔵庫の扉を閉めようとしたところで、エドがぼそぼそと話しかけてきた。オリヴィアも何か言っているが聞き取れない。わたしはソファに戻り、テレビの音量を上げた。

「彼の奥さん？」翡翠《ひすい》色のジャガーに乗った女が訊く。「気の毒に。直接の知り合いではなかったけれど。でも、本当なの？　その人は本気で信じていたの……？」

わたしはソファにいっそう深く沈みこむ。そして睡魔に降伏する。

しばらく時間が過ぎ、イメージチェンジの場面にさしかかったころ（「死んだ人に似せた格好なんていやよ！」）、携帯電話が軽い発作を起こしたように震え、ガラスのコーヒーテーブルがかたかたと鳴った。きっとドクター・フィールディングだろうと思って、電話を取った。

「わたしはそのための存在なの？」キム・ノヴァクが叫ぶ。「死んだ人と一緒にいる気分を味わうための道具なの？」

電話の画面には〈ウェスリー・ブリル〉と表示されていた。

わたしは一瞬、動きを止めた。

それからテレビの音をミュートにし、親指で電話の画面をスワイプして耳に当てた。言葉が出なかった。でも、こちらから何か言う必要はなかった。短い沈黙のあと、ウェスリーの声が聞こえた。「息づかいが聞こえるよ、フォックス」

あれからざっと十一カ月、ウェスリーの雷鳴のような声は変わっていなかった。

「きみから電話があったとフィービーに聞いた」彼が続けた。「昨日かけ直すつもりだったが、忙しくてね。暇を見つけられなかった」

わたしは黙っていた。彼のほうもしばし黙りこんだ。

「聞こえているんだろう、フォックス」

「聞こえてるわ」自分の声を数日ぶりに聞いた。聞き慣れない、か細い声だった。腹話術で話しているようだ。

「そうか。そうだろうと思った」何か口にくわえているような話し方だ。きっと煙草だろう。「わたしの推測は当たっていたわけだな」ホワイトノイズみたいな音。煙が受話器に吹きかけられている。

「話がしたかったの」わたしは言った。

ウェスリーは無言でいる。頭のなかのギアを入れ替えているのがわかる。その音まで聞こえるようだった——息づかいの微妙な変化。精神分析医モードに切り替わったのだ。

「あなたに伝えたかった……」

長い沈黙があった。彼が咳払いをする。緊張しているらしい。それはちょっとした衝撃だった。あのウェスリー・〝ブリリアント〟が緊張している。

「ずっと苦しかったの」ようやく言えた。

「苦しい原因に心当たりは？」彼が訊く。

夫と娘が死んだことよ、そう叫びたかった。「それは……」

「それは……？」時間稼ぎのつもりだろうか。それともわたしの答えを待っているのだろうか。

「あの夜……」そう切り出したものの、先が続かなかった。コンパスの針になった気分だ。落ち着く場所を探して延々と回り続けている。

「いま何を考えている、フォックス？」ウェスリー・ブリルらしい話の促し方だった。わたしなら、患者には自分のペースで話してもらう。ウェスリーは先を急ぐ。

「あの夜……」

あの夜、車が崖から転落する直前に、あなたから着信があった。だからといって、あなたのせいだと言いたいわけじゃない。あなたを巻きこむつもりはない。ただ知っておいてもらいたいだけ。

あの夜、その時点でもう、終わっていた。四カ月、嘘をつき続けた。フィービーは、もしかしたら察していたかもしれない。エドは気づいてしまった。十二月のある日の午後、あなたに送るつもりのメッセージを間違ってエドに送ったから。

あの夜、わたしは二人で過ごしたすべての時間を後悔した。近所のホテルで迎えた朝、カーテン越しにおずおずと射していた朝日。何時間も携帯電話でメッセージをやりとりした夜。すべてが始まったあの日、あなたのオフィスで飲んだ一杯のワイン。

あの夜、わたしたちがこの家を売りに出して一週間がたっていた。不動産屋は内覧の予定を組み始めていて、わたしはエドに考え直してと懇願し、エドはわたしの顔を見ることさえできなくなっていた。〝こんなに安心できる人はいないと思ってたのに〟

あの夜――

でも、ウェスリーにさえぎられた。

「率直に言わせてもらうよ、アナ」——わたしはぎくりとした。ウェスリーが率直でないことなどまずないから、そしてわたしをファーストネームで呼ぶのは本当に珍しいから——「そのことはもう忘れようと努力していた」ウェスリーはいったん言葉を切って続けた。「努力して、おおよそ成功していた」

そう。

「あのあと、きみはわたしと会おうとしなかった。病院で面会しようとしたんだよ。そのあとも、わたしが——こちらからきみの家に行ってもいいと提案したが、きみは——きみから返事はなかった」何度も言葉に足を取られ、つまずきながら、ウェスリーは言った。積もった雪をかき分けて進もうとしている人みたいに。めちゃくちゃになった車の周囲を歩き回る女のように。

「きみが誰かと会っているのか、知らなかった——いまも知らない。誰かというのは、医師という意味だよ。信頼できる医師を探しているなら、いつでも紹介する」また間があった。「もう主治医がいるなら、それは……」またしても沈黙。今度のは一番長かった。

長い沈黙を経て——「きみに何を期待されているのかわからない」

わたしの勘違いだったようだ。ウェスリーは精神分析医を演じているのではない。わたしの力になろうとしているのではない。電話をかけ直してくるまでに二日かかった。彼は逃げ道を探しているのだ。

わたしは彼に何を期待しているのか。もっともな疑問だ。責任を取ってもらいたいとは本当に思っていない。憎んでいるわけでもないし、また会いたいわけでもない。

クリニックに電話したときは――たった二日前のことだとは信じられない――きっと何かを期待していたのだろう。でも、あのあと、ノレッリが魔法の言葉を唱えて、世界は変わった。だから、もうどうでもいいのだ。

口に出してそう言っていたらしい。「何がもうどうでもいいんだね？」ウェスリーが訊いた。

あなたよ、と胸の内で答える。声には出さない。

わたしは電話を切った。

11 月 11 日　木曜日

79

十一時きっかり、玄関のブザーが鳴った。わたしはマットから体を引き剝がしてベッドを下り、窓から通りをのぞいた。玄関前にビナがいた。黒い髪が陽射しに輝いている。ビナが来る日だということを忘れていた。ビナのことはすっかり忘れていた。

窓から一歩下がり、通りの反対側の家々に目を走らせる。東から西へ――グレー・シスターズ、ミラー家、タケダ家、そして二軒分を占めている空き家。わたしの南の帝国。

またブザーが鳴る。

そろそろと階段を下り、玄関ホールのドアに近づく。インターフォンのモニターにビナが映っている。通話ボタンを押す。「今日は気分が優れないの」

モニターのビナが訊く。「入って具合を見てあげようか」

「ううん、大丈夫だから」

「入ってもかまわない？」

「ううん、ありがとう。一人でゆっくり休みたいの」

ビナは唇を噛んだ。「本当に大丈夫？」

「一人でゆっくり休みたいだけ」わたしは繰り返す。

ビナがうなずく。「わかった」

わたしはビナが帰るのを待った。

「ドクター・フィールディングから聞いてる。警察からドクターに連絡があったんだって」

わたしは黙って目を閉じた。長い沈黙があった。

「じゃあ——また来週ね」ビナが言った。「いつものとおり、水曜に」

もう会うことはないかもしれない。「そうね」

「何かあったら電話してくれるよね？」

いいえ。「もちろん」

目を開く。ビナがまたうなずいた。向きを変え、階段を下りていく。

また一つ片づいた。まずドクター・フィールディング。今度はビナ。ほかには誰？　そうだ。イヴ、明日のレッスン。キャンセルのメールを出しておこう。ジュ・ヌ・プ・パ……

英語で書こう。

上の階に戻る前に、パンチのボウルに餌を盛り、飲み水を替えた。パンチはさっそくやってきて、ファンシー・フィーストのご馳走を舐め始めた。それからぴくりと耳を動かした——水がパイプを流れる音がしている。

下の階のデヴィッド。デヴィッドのことも一度も思い出さずにいた。

地下室のドアの前に行き、脚立を脇にどけた。ドアをノックして彼の名前を呼んだ。

返事がない。もう一度呼びかける。

今度は足音が聞こえた。鍵を回し、大きな声で言った。

「鍵を開けたわ。ここから上がってきて。よかったら、だけど」

言い終える前にドアが開いて、デヴィッドが目の前に現れた。二段下に立っている。サイズがぴったりのTシャツと、色褪《いろあ》せたジーンズ。視線がぶつかり合った。

わたしが先に口を開いた。「この前のこと——」

「出ていくよ」デヴィッドが言った。

わたしは目をしばたたいた。

「いろいろ……妙なことになったから」

うなずいた。

デヴィッドは後ろポケットに手を入れ、紙片を引き出した。それを差し出す。

わたしは無言で受け取り、開いてなかを読んだ。


もういられそうにない。いやな思いをさせて申し訳ない。鍵はドア下の隙間に置いておく。


わたしはうなずいた。部屋の奥から、振り子時計が時を刻む音が聞こえた。

「わかった」わたしは言った。

「これ」デヴィッドは鍵を差し出した。「表のドアは、おれが出たら自動で鍵がかかるようにしておく」

鍵を受け取った。また沈黙が流れた。

デヴィッドがわたしをまっすぐに見た。「例のイヤリング」

「やめて、いいのよ——」

「あれはキャサリンって女の持ち物だ。この前も話したけど。ラッセルの女房のことは知らない」

「わかってる。ごめんなさい」

デヴィッドはうなずいた。そしてドアを閉めた。

わたしは鍵をかけずにおいた。


寝室に戻り、ドクター・フィールディングにメッセージを送った。〈わたしは元気です。火曜日にまた〉。すぐに電話がかかってきた。着信音は鳴り、鳴り続けて、やがてあきらめた。

ビナ、デヴィッド、ドクター・フィールディング。身辺整理みたいだ。

主寝室のバスルームの入口にたたずみ、画廊で絵画を鑑賞するような目でシャワーブースを見る。やめておこう、と思った。少なくとも今日は。ローブを選び（汚してしまったローブを洗濯すること、と自分に言い聞かせた。いまさら洗っても、ワイン染みはもうタトゥーみたいに取れなくなっているだろうけど）、書斎に向かった。

パソコンの前に座るのは三日ぶりだ。マウスを握り、横にすべらせる。画面が明るくなり、パスワードの入力を促す。タイプした。

自分の寝顔がまたも大写しになった。

椅子の上で思わずのけぞった。暗い画面の陰でずっと待ち伏せしていた醜悪な秘密。わたしの手は、ネズミを襲うヘビのようにマウスをつかむ。カーソルを隅に動かし、クリックして写真を閉じた。

今度はその写真を届けたメールが表示された。guesswho。

〝だーれだ〟。この記憶は欠落している。この――ノレッリは何て言ってた？　〝真夜中のセルフィー〟？　誓って言う。まるで覚えがない。でも、それはわたしの言葉、わたしたちの合い言葉だ。デヴィッドにはアリバイがあるし（アリバイ――アリバイがある人にない、なんてこれまで会ったことがない。それを言ったら、アリバイがない人にも会ったことがないけれど）、寝室に入ることができた人はほかにいない。『ガス燈』のバーグマンと違って、わたしに正気を失わせようと企んでいる人もいない。

……それに、もし自分で撮ったなら、画像がいまも残っているのでは？

わたしは額に皺を寄せた。

そうだ、残っているだろう。すかさず削除するという知恵が働いたなら、話は変わるけれど……でも。

ニコンのカメラは机の隅に置きっぱなしだった。ストラップが机の脇に垂れている。カメラを引き寄せた。電源を入れ、撮影画像を確かめた。

一番最近の画像は、冬のコートに身を包んで自宅の階段を上るアリステア・ラッセルの写真だった。日付は十一月六日の土曜日。それ以降は一枚もない。カメラの電源を切って、机に置く。

だけど、セルフィーを撮影するには、ニコンのカメラは大きすぎる。ローブのポケットから携帯電話を取り出してパスコードを入力し、写真アプリのアイコンをタップした。するといきなり現れた。iPhoneの小さな画面に押しこめられた、同じ写真。軽く開いた口、もつれた髪、ふくらんだ枕――撮影時刻は、〈02:02am〉。

パスコードを知っているのは、わたしだけだ。

もう一つ確かめるものがある。でも、確かめるまでもなく答えはわかっていた。

ウェブブラウザを起動し、gmail.comとタイプした。瞬時に表示された。ユーザー名はあらかじめ入力されている――guesswhoanna。

自分で撮影して送りつけたのだ。本当に。だーれだ――アナだよ。

わたしでしかありえない。パソコンのパスワードを知っているのもわたし一人だ。誰かが家に侵入したとしても――デヴィッドが勝手に入ったのだとしても――パスワードを知っているのは、わたしだけなのだ。

うなだれた。

誓ってもいい。身に覚えがない。本当に。

80

携帯電話をポケットに戻し、大きく息を吸いこんで、〈アゴラ〉にログインした。

大量のメッセージが待っていた。ざっと目を通す。ほとんどはフォーラムの常連の近況報告だ。DiscoMickey、ボリビアのペドロ、サンフランシスコのタリア。珍しくSally4thからも——〈赤ちゃん!!〉。妊娠したらしい。〈出産予定は4月!!〉

しばし画面を見つめた。心が痛んだ。

登録したばかりの会員に移った。四人からアドバイスを求めるメッセージが届いている。わたしの手はしばしキーボードの上空をさまよったあと、膝の上に着陸した。病を克服するアドバイスをする資格など、わたしにはない。

全メッセージを選択、そして〈削除〉を押す。

ログアウトしようとしたところで、チャットボックスが開いた。

GrannyLizzie：お元気ですか、ドクター・アナ？

それくらいかまわないじゃない？　ほかのみんなにはさよならを言ったのだから。

thedoctorisin：こんにちは、リジー！　息子さんたちはまだいらっしゃるの？
GrannyLizzie：ええ、ウィリアムはまだいますよ！
thedoctorisin：それはよかった！　その後いかがですか。
GrannyLizzie：おかげさまでとっても順調。毎日少しずつ外に出るようになったわ。そちらはいかが？
thedoctorisin：こちらも順調ですよ！　今日は誕生日なの。

やれやれ、と思った。今日は誕生日だ。完全に忘れていた。わたしの誕生日。この一週間、そんなことは一度たりとも頭に浮かばなかった。

GrannyLizzie：おめでとう！　区切りの年かしら？
thedoctorisin：ぜんぜん。39がよほど意味を持たないかぎりは！
GrannyLizzie：うらやましいわ、できることなら39歳に戻りたい……
GrannyLizzie：ご家族から連絡は？

マウスを握り締めた。

thedoctorisin：本当のことをお話しします。
GrannyLizzie：？？
thedoctorisin：わたしの家族は、去年の十二月に亡くなりました。

カーソルが点滅を繰り返す。

thedoctorisin：車の事故で。
thedoctorisin：わたしは浮気してたの。夫とそのことで喧嘩をしていて、車が道から飛び出してしまったの。

thedoctorisin：いいえ、わたしが運転を誤ったせいで、車が道をはずれたの。

thedoctorisin：広場恐怖症だけでなく、その罪悪感とも向き合うために、ずっと精神分析医のカウンセリングを受けています。

thedoctorisin：あなたには本当のことを話しておきたかったの。

もう終わりにしなくては。

thedoctorisin：もう行かなくちゃ。あなたがお元気そうで安心しました。

GrannyLizzie：ああ、なんてことなの

リジーが続きを入力中だと表示されたけれど、わたしは待たなかった。チャットボックスを閉じてログアウトした。

これで〈アゴラ〉ともお別れだ。

まる三日、ひと口も飲んでいない。

歯を磨こうとしたところで、そのことを思い出した（体は洗わなくてもまだ我慢できそうだけれど、口は限界に来ていた）。三日。そんなに長くもったことはなかったと思う。三日間、お酒のことが心をよぎることさえなかった。

下を向いて、吐き出す。

81

薬のチューブやプラスチック容器やガラス瓶が洗面所の棚を占拠している。そこから四つ取り出した。

階段を下りる。頭上の天窓から夕暮れ時の灰色の光が射していた。

ソファに腰を落ち着け、容器を一つ選んで傾け、コーヒーテーブルの上で直線を引く。パンくずの道しるべのように、錠剤の道ができた。

錠剤をじっと見る。指で引き寄せて掌に落としながら、数を数える。またテーブルの上に散らす。

一つを唇に運ぶ。

やめよう――いまはまだ。

あっという間に夜が来た。

窓のほうを向いて、公園の向こうを見つめた。あの家。穏やかならぬ我が心の劇場。あーら、詩的じゃないの、と自分を茶化す。

窓は燃えるように輝いている。誕生祝いのキャンドルのようだ。どの部屋も無人だった。

熱狂が冷めたような気分だった。身震いが出た。

足を引きずって階段を上り、寝室に行く。明日、お気に入りの映画を再訪しよう。『誰かが狙っている』『海外特派員』――せめて風車小屋のシーンだけでも。『黒の誘拐』。『めまい』ももう一度見ておこう。このあいだはうたた寝ばかりでほとんど見ていなかったから。

そして、あさってには……

ベッドに横たわり、睡魔に降参しかけながら、家の鼓動に耳を澄ました――一階の振り子時計が九時を告げる音、床板が落ち着く音。

「誕生日おめでとう」エドとオリヴィアの声が聞こえた。わたしは寝返りを打つ。二人の声に背を向ける。

今日はジェーンの誕生日でもあることを思い出す。わたしがジェーンに与えた誕生日。イレブン・イレブン。

さらに時間が過ぎ、夜が更けて、一瞬だけ意識の水面に浮上したとき、インクのように真っ暗な階段を猫がうろうろしている気配がした。

11月12日　金曜日

82

天窓から陽射しが滝のように降り注ぎ、階段を真っ白に染めながら、キッチンの手前の踊り場に光の水たまりを作っている。そこに足を踏み入れると、スポットライトを浴びているような心地になった。

ここを除けば、家のなかは暗い。カーテンを残らず閉め、ブラインドも下ろしてある。闇は煙のように濃い。においまで立ち上ってきそうだ。

テレビには『ロープ』の結末のシーンが映し出されている。好青年二人、殺されたクラスメート、居間の真ん中に鎮座する死体が押しこまれた骨董のチェスト。おなじみジェームズ・スチュワートもいる。映画の始まりからおしまいまでワンカットで撮影されているように見える映画だ（実際には十分ほどの長さのフィルムを八本つないでいるのだけれど、つなぎ目はほとんどわからない。一九四八年製作であることを考えるとみごとだ）。「猫とネズミ、猫とネズミ」悪事が露呈しかけて追い詰められたファーリー・グレンジャーは叫ぶ。「しかし、どちらが猫で、どちらがネズミだ？」わたしはファーリーと一緒に口に出して言う。

見るとうちの猫は、ソファの背もたれの上に長々と寝そべっていた。尻尾は、ヘビ使いに操られるヘビのように動いていた。左の後ろ足をくじいたらしく、今朝からひどく引きずっていた。ボウルには、数日分の餌を盛っておいた。そうしておけば——

玄関のブザーが鳴った。

わたしはソファのクッションに背中を押しつけた。玄関のほうに顔を向ける。

いったい誰だろう。

デヴィッドではない。ビナでもない。ドクター・フィールディングでないことも確かだ。ドクターはあれから何度か留守電にメッセージを残していたが、予告なく訪ねてくることはないだろう。わたしが放置している留守電のメッセージで予告しているなら別だけれど。

ブザーはまた鳴った。映画の再生をいったん停止し、足を床に下ろして立ち上がった。

インターフォンのモニターの前に立つ。

イーサンだ。両手をポケットに押しこんでいる。首にマフラーを巻いていた。陽射しのなか、髪が燃えるように輝いている。

通話ボタンを押した。「ここに来てること、ご両親は知ってる？」

「それは大丈夫です」

わたしはためらった。

「外はすごく寒いんだ」イーサンはそう付け加えた。

わたしはロック解除のボタンを押した。

まもなくイーサンは凍てつく空気をお供にリビングルームに現れた。「ありがとう」息を切らしていた。「今日はほんとに寒くて」室内を見回す。「ずいぶん暗いですね」

「外がものすごく明るいからじゃない？」わたしは言ったが、たしかに暗い。フロアランプのスイッチを入れた。

「ブラインドを開けてもいいですか」

「どうぞ。いえ、やっぱり、このままでいいわ。いいわよね？」

「はい」

わたしは寝椅子の端に腰を下ろした。「座ってもいいですか」イーサンはソファを指さした。〝いいですか〟〝いいですか〟。十代の男の子と思えないほど礼儀正しい。

「どうぞ」イーサンは座った。パンチは背もたれから下り、そそくさとソファの下にもぐりこんだ。

イーサンは室内に視線を走らせて言った。「あの暖炉、いまも使えるんですね」

「ガス式だけど、使えるわ。つける？」

「いえ、ちょっと訊いただけです」

沈黙。

「ずいぶん薬がありますけど、どうしてそこに？」

わたしはさっとコーヒーテーブルを見た。錠剤が散らばっている。そばにプラスチック容器が四つ、空き地を囲む小さな木立のように立っている。一つは空っぽだ。

「数を確認してただけよ」そう言ってごまかす。「追加で処方してもらったから」

「ふうん、そうなんだ」

また沈黙。

「今日来たのは――」イーサンが言った。わたしも同時に彼の名前を呼びかけていた。

わたしはかまわず続けた。「ごめんなさい」

イーサンが首をかしげる。

「とにかく謝りたくて」イーサンは目を伏せた。わたしは続けた。「いろいろ騒がせて、しかもあなたを巻きこんでしまって。自分では――自分では……信じてたの。何かおかしなことが起きてると信じてた」

イーサンは床に視線を落としたままうなずいた。

「この一年は……この一年ほどは、とてもつらかったから」まぶたをつむった。次に開くと、イーサンがこちらを見つめていた。澄んだ瞳で、わたしの表情を探るようにしている。

「娘と夫を失った」ぐっと喉が鳴った。ちゃんと言わなくちゃ。「二人は亡くなった。二人は死んだの」息をして。息をして。1、2、3、4。

「そのあとお酒を飲むようになった。それまで以上に。薬も自己流でのんだ。危険だし、してはいけないことよ」イーサンはじっとわたしを見つめていた。

「でも――信じてたわけじゃないのよ、二人が本当に話しかけてきてるって、その……」

「あの世から」イーサンが低い声で言った。

「そう」椅子の上で姿勢を変え、前に身を乗り出した。「二人がもういないことはわかってる。死んだのよ。それでも声が聞こえるとうれしかった。何て言うか……どう説明したらいいかわからないけど」

「心が通じ合ってるみたいに感じた？」

わたしはうなずいた。年齢に似合わない洞察力だ。

「あとのことは――自分でも……自分ではほとんどまったく覚えていないの。他人と心を通わせたかったのかしらね。通わせずにいられなくなったのかも」首を振ると、髪が頬をくすぐった。「自分でもわからない」イーサンをまっすぐに見つめた。「でも、とにかくごめんなさい」咳払いをし、まっすぐに座り直す。「おとなが泣くところを見にきたわけじゃないでしょうに」

「ぼくだってあなたの前で泣いたし」イーサンが言った。

わたしは微笑んだ。「じゃあ、おあいこね」

「映画のDVDを貸してもらった。覚えてる？」イーサンはコートのポケットからケースに入ったDVDを取り出し、コーヒーテーブルに置いた。『夜は必ず来る』。そうだった、すっかり忘れていた。

「無事に再生できた？」

「できた」

「感想は？」

「不気味だった。あの男の人が」

「ロバート・モンゴメリー」

「それ、ダニーを演じた俳優？」

「そうよ」

「ほんとに不気味だった。あのシーンはよかったな。ダニーが女の人に――えっと……」

「ロザリンド・ラッセル」

「それ、オリヴィアを演じた女優？」

「そうよ」

「女の人に、自分のことが好きかって訊いて、好きじゃないって言われたら、〝きみ以外はみんなぼくを好きなのに〟だって」イーサンはくすくす笑った。わたしも微笑んだ。

「気に入ってもらえてうれしいわ」

「うん、おもしろかった」

「モノクロ映画も悪くないでしょう」

「そうだね、そこは気にならなかった」

「ほかにも見たい映画があったら、いつでも貸すから」

「ありがとう」

「ただ、あなたがご両親から叱られないかと心配だわ」イーサンは目をそらし、暖炉の格子を見つめた。「とても怒ってらっしゃるでしょうから」

イーサンは小さく鼻で笑った。「あの二人は、自分たちのことで手一杯だから」わたしに視線を戻す。「一緒に暮らしにくい相手なんだ。ものすごく居心地が悪い」

「若いうちって、親のことを誰でもそんな風に感じるものじゃないかしら」

「そうかもしれないけど、うちはほんとに面倒くさいんだ」

わたしはうなずいた。

「早く大学に行きたいよ。あと二年。もう二年もないか」

「志望の大学は決まってるの?」

イーサンは首を振った。「具体的にはまだ。遠くの大学がいい」腕を回して背中を掻いた。「こっちに友達がいるわけでもないし」

「ガールフレンドはいるの?」

イーサンはかぶりを振る。

「ボーイフレンドは?」

驚いたようにわたしを見た。それから肩をすくめた。「自分でもまだよくわからない」

「そうよね」両親は知っているのだろうか。

振り子時計が時を打つ。1、2、3、4。

「そうだ」わたしは言った。「地下の部屋が空いたの」

イーサンが眉をひそめた。「あの男の人は?」

「出ていった」また咳払いをした。「もし――あなたさえよければ、自由に使って。部屋をね。自分だけの空間が欲しい気持ち、わたしにも覚えがあるから」

わたしはアリステアとジェーンに仕返ししようとしているのだろうか。違う。たぶん違う。この家に誰かいてくれたら安心かもしれない、いや、きっと安心だろう。孤独なティーンエイジャーであっても、若い人がいてくれるのはいい。

セールストークみたいに、わたしは続けた。「テレビはないけど、Wi‐Fiネットワークのパスワードを教えるわ。ソファはあるし」ほがらかな調子で言って、自分を納得させようとした。「ちょっと家から逃げ出したいなと思ったときの避難所に使えるわよ」

イーサンは目を丸くしてわたしを見た。「すごくうれしい」

彼の気が変わる前にと、わたしは立ち上がった。薄暗いキッチンのカウンターの上で、デヴィッドの鍵が小さな銀色の光を放っている。それを取ってイーサンに差し出した。イーサンは立ち上がった。

「うれしいな」そう繰り返してポケットに鍵をしまった。

「いつでも遠慮なく来て」

イーサンはドアをちらりと見やった。「そろそろ帰らなくちゃ」

「そうよね」

「これ、ありがとう――」ポケットを叩く。「映画も」

「どういたしまして」玄関ホールのドアまで見送りに出た。

リビングルームから出る前に、イーサンは振り返ってソファのほうに手をやった。「猫ちゃん、今日は遠慮してるのかな」それからわたしの視線をとらえて言った。「そうだ、携帯電話を持てることになったんです」誇らしげだった。

「それはおめでとう」

「見る？」

「もちろん」

傷だらけのiPhoneだった。「中古だけど、ちゃんと使えるし」

「よかったわね」

「あなたのiPhoneは第何世代？」

「さあ、第何世代かしら。あなたのは？」

「6。ほぼ最新」

「すごいじゃない。あなたが電話を持てることになって、わたしもうれしいわ」

「あなたの番号はもう登録したんだ。ぼくの番号、教えておいていい？」

「あなたの番号？」

「そう」

「もちろんよ」イーサンが画面をタップし、まもなくローブのどこかからわたしの電話が着信音を鳴らした。「これで通知できた」そう言ってイーサンは電話を切った。

「ありがとう」

イーサンはドアノブに手を伸ばそうとしたところでふと下ろし、こちらを振り返ると、真剣な面持ちで言った。

「あなたに起きたこと、本当にお気の毒だと思います」その声は優しくて、わたしは喉が締めつけられた。

一つうなずいた。

イーサンは帰っていき、わたしは玄関に鍵をかけた。

ソファに戻り、錠剤が星のようにちりばめられたコーヒーテーブルを眺めた。リモコンを取って、映画の続きを再生した。

「正直な話」ジェームズ・スチュワートが言った。「まったく怖くないと言ったら嘘になる」

11月13日　土曜日

83

時刻は十時半、昨日と何かが違っている。

睡眠の効果かもしれないし（テマゼパム二錠、十二時間の熟睡）、お腹が落ち着いているせいかもしれない――イーサンが帰り、映画が終わったあと、サンドイッチを作った。この一週間で唯一の食事らしい食事だ。

いずれにせよ、そう、原因が何にあるにせよ、昨日とは違っていた。

気持ちが少し前向きになっている。

シャワーを浴びた。噴き出すお湯の下に立つ。お湯は髪を濡らし、肩を叩いた。十五分が過ぎた。二十分。三十分。体も髪もさっぱりして、脱皮したみたいな気分だった。ジーンズとセーターを着た（ジーンズ！　ジーンズなんて、いつ以来？）。

寝室の窓のカーテンを開けた。部屋に光があふれた。目を閉じて、暖かな陽射しを存分に楽しむ。

〝ばりばり戦闘態勢〟だ。新たな一日への備えは充分だ。ワインへの備えも。ほんの一杯だけ。


階段を下りていきながら、各部屋に立ち寄り、ブラインドを上げ、カーテンを開けた。家中に光が満ち満ちた。

キッチンで、メルローを二フィンガー分ほど注いだ（「フィンガーで計るのはスコッチだけだよ」エドの声が聞こえた。彼を押しのけ、もう一フィンガー分、注ぎ足した）。

さて。『めまい』のラウンド2といこう。ソファに腰を落ち着け、冒頭に戻って、建物の屋上から屋上へ飛び移ろうとして転落するシーンを見る。はしごを上ってきたジェームズ・スチュワートが大写しになった。このところ、ジェームズ・スチュワートの顔ばかり見ている。


一時間後、三杯目にさしかかったころ——

「彼は妻を施設に入れようとしていました」死因審問の進行役を務める廷吏がもったいぶ

った調子で言う。「専門家の治療によって精神の健康を取り戻すためです」落ち着かなくなり、わたしは立ち上がっておかわりを注いだ。

午後からは、チェスを指したり、クラシック映画のサイトをのぞいたりするつもりだった。家の掃除もいいかもしれない。上階の部屋はどこも埃《ほこり》だらけだ。どんなことがあろうと、住人の近況チェックに勤しんだりはしない。

ラッセル家も見ない。

とりわけラッセル家。

キッチンの窓の前に立っても、ラッセル家には目もくれない。そのまま背を向けてソファに戻り、そこに寝そべる。

数分が過ぎた。

「自殺願望があることには気づいていましたが……」

ビュッフェの料理よろしくコーヒーテーブルに広げられた錠剤を見やる。体を起こし、足を絨毯《じゅうたん》に下ろして、錠剤を片手に集めた。掌に小山ができた。

「陪審は、マデリン・エルスターは心のバランスを失って自ら命を絶ったとの結論に達しました」

それは違うから、とわたしは心のなかでつぶやく。彼女の死は自殺じゃないから。

錠剤を一つずつ容器に戻して、蓋をしっかり閉めた。

ソファに戻り、イーサンはいつ来るだろうかと考えた。おしゃべりの続きをする気になるかもしれない。

「わたしにはこれが限界だった」ジェームズ・スチュワートが悲しげな声で言う。

「これが限界だった」わたしも一緒に言う。

また一時間が過ぎていた。西日がキッチンに射しこんでいる。わたしはだいぶ酔っている。パンチが足を引きずってやってきた。足の具合を見てやろうとすると、情けない声を出した。

わたしは眉間に皺を寄せる。この一年、動物病院に連れていこうかなんて、一度でも考えたことがあっただろうか。「無責任な飼い主でごめん」わたしはパンチに言った。

パンチはまばたきをし、わたしの膝で体を丸めた。

テレビ画面では、ジェームズがキム・ノヴァクを鐘塔に上らせようとしている。「あとを追っていけなかった――全力は尽くしたが」そう叫んでキムの肩を揺する。「二度目のチャンスなど、めったに与えられるものではない。もう亡霊を追い払ってしまいたいんだ」

「亡霊を追い払ってしまいたい」わたしも言う。目を閉じて、もう一度繰り返した。猫をなでる。グラスに手を伸ばす。

「死んだのはきみではなく、彼女だ。本物の妻だ」ジェームズは叫ぶ。両手でキムの喉をつかむ。「きみはコピーだった。きみは偽物だった」

脳味噌のどこかで、小さな鐘が鳴った。レーダーが何かをとらえたときの音。高くて、小さくて、遠慮がちな音。それでもわたしの注意を引くには充分だった。

ただ、それは一瞬のことだった。わたしはまた楽な姿勢に戻って、ワインを口に運ぶ。

修道女、悲鳴、教会の鐘、そして映画は終わる。「あんな風に逝きたいわね」猫にそう言って聞かせる。

ソファから立ち上がり、パンチを床に下ろした。パンチが不平を鳴らす。グラスを流しに運んだ。家のなかをきちんとしておかなくちゃ。イーサンがここで過ごすようになるかもしれないのだから。ミス・ハヴィシャムのようにいつまでも暗い家に閉じこもっているわけにはいかない（『大いなる遺産』は、クリスティン・グレー主宰の読書クラブの過去の課題図書の一つだった。いまは何を読んでいるのか、見ておかなくちゃ。その程度は許されるはず）。

階段を上って書斎に行き、チェスのフォーラムを開く。それから二時間が過ぎて、窓の外は夜一色になった。三連勝。祝杯といかなくちゃ。キッチンにメルローのボトルを取りに下り――お酒が入ったほうがわたしはチェスが強い――階段を上りながらグラスに注ごうとして、籐《とう》の階段マットにこぼしてしまった。濡れスポンジで拭き取ろう。あとで。

二時間後、さらに二連勝していた。無敵のわたし。ボトルに残っていたワインを全部グラスに注ぐ。こんなに飲むつもりはなかった。明日こそ控えよう。

六ゲーム目が始まったとき、この二週間のこと、自分に取り憑《つ》いていた熱狂のことをぼんやり考えた。催眠術にかけられていたような気がする。『疑惑の渦巻』のジーン・ティアニーみたいに。あるいは、狂気に憑かれていたような。『ガス燈』のイングリッド・バーグマンみたいに。した記憶のないことをした。した記憶のあることをしていない。わたしのなかの医師が、どれどれというように手をこすり合わせている。紛れもない解離性障害のエピソードなのか。ドクター・フィールディングなら――

あ、しまった。

うっかりクイーンを捨て駒にしてしまった――ビショップと勘違いした。Fワード爆弾が炸裂し、汚い言葉を連発した。悪態をつくのは久しぶりだ。その響きを噛み締め、じっくり味わう。

　それにしても、悔やんでも悔やみきれない。よりによってクイーンを。対戦相手のルークンロールは、もちろん、すかさずクイーンを取る。

〈何やってんの？〉ルークンロールのメッセージが届く。〈焼きが回ったってやつ？lol〉

〈別の駒と間違えた〉——わたしは弁解し、グラスを取って口もとに運ぶ。

　そこで凍りついた。

84

　もし……

　落ち着いて考えて。

　つかまえようとしても、それは水に落ちた血のしずくのように、ゆらりと身をくねらせて逃げていく。

　グラスを握り締める。

もし……

まさか。

でも。

もし――

ジェーンは――わたしがジェーンとして知っていた人は――そもそもジェーンではなかったのだとしたら。

……まさか。

……でも。

もし――

もし、そもそもまったくの別人だったのだとしたら。

リトル刑事はそう説明した。違う、そうじゃない――リトルはこの説の半分までしか説明していない。リトルは、二〇七番地の女、しゅっとしたヘアスタイルと華奢な腰をした女は、間違いなく、疑問の余地なく、ジェーン・ラッセル本人だと言った。けっこう。その前提で話を進めよう。

もし、わたしが会った人、またはわたしが会ったつもりでいる人は、実在はしたけれど――でも、ジェーンとは別人で、ジェーンのふりをしていたのだとしたら。わたしが別の駒と取り違えていたのだとしたら。ビショップだと思ったけれど、実はクイーンだったのだとしたら。

彼女はコピー――死んだコピーだったのだとしたら。彼女のほうが偽物だったのだとしたら。

無意識のうちにまたグラスに口をつけようとしていた。グラスを机に置いて遠くに押しやった。

だけど、なぜ？

考えて。彼女は本当にいたのだと仮定しよう。そう、リトルの説を覆し、理屈を覆して、わたしの主張は全部――あるいはほぼ正しかったと仮定しよう。彼女は本当にいた。彼女はここに来た。あそこにも、あの家にもいた。ラッセル家の人たちが彼女の存在を否定する理由――否定した理由は？　彼女とジェーンとは別人だと言えば通っただろうに、あの人たちはさらに一歩進めて、彼女の存在そのものを否定した。

それに、彼女はどうしてラッセル家の事情にあれほど詳しかったのだろう。なぜ別人のふり、ジェーンのふりをしたのだろう。

「じゃあ、ほかの誰だったというんだ？」エドが訊く。

やめて。黙ってて。

立ち上がって窓に近づく。目を上げて、ラッセル家を——あの家を見る。アリステアとジェーンはキッチンで話をしている。アリステアは片手にノートパソコンを持っていて、ジェーンは腕組みをしている。こっちを見るなら見ればいい。書斎の暗闇はわたしの味方だ。わたしをかくまってくれている。

視界の隅を何かがかすめた。上の階、イーサンの部屋を見た。

窓際に、イーサンがいた。部屋の明かりを背負って、細い影絵のように見えている。窓の外に目を凝らしているかのように、両手をガラスに当てていた。まもなく、片方の手を上げた。わたしに向かって手を振っている。

鼓動が速くなる。そろそろと手を振り返した。

次の手だ。

85

ビナは最初の呼び出し音で電話に出た。

「アナ、無事でいる？」

「それが――」

「ドクター・フィールディングから電話があったよ。すごく心配してた」

「わかってる」わたしは階段に座っている。青い月光のプールにいるようだった。足もとに黒っぽい染みが広がっている。さっきワインをこぼした跡だ。忘れずに掃除しておかなくちゃ。

「何度も電話したのにって」

「知ってる。でも大丈夫だから。ドクターにもそう伝えて。それより――」

「お酒飲んでるの？」

「いいえ」

「ほんとなの？――舌がもつれてるって感じだけど」

「飲んでないったら。寝起きなだけ。それより、考えてたんだけど――」

「寝てたんじゃなかったの」

これは聞き流した。「ちょっと考えてたことがあって」

「どんなことよ」警戒の口ぶりだった。

「公園の向こうの家の人たち。あの女性のこと」

「アナ」ビナがため息をつく。「その話――木曜日にその話をしたかったんだけど、家に入れてもらえなかったから」

「そうよね。ごめんなさい。だけど――」

「その人はね、そもそも存在しなかったんだよ」

「違うわ、存在してることを、存在してたことを証明できないというだけ」

「アナ。どうかしてるよ。もうやめなよ」

わたしは黙った。

「証明するも何もないんだってば」荒っぽい、怒っていると言ってもいいような口調。ビナがそんな話し方をするのは初めてだ。「アナがどう考えたのか、アナに何が……起きてたのか知らないけど、もう終わったんだよ。このままじゃ立ち直れなくなるよ」

わたしはビナの息づかいに聴き入った。

「こだわればこだわるほど、回復にも時間がかかるんだから」

沈黙。

「そのとおりね」

「ほんとにそう思ってる？」

わたしはため息をついた。「思ってる」

「妙な気を起こしたりしないよね」

「もちろん」

「ちゃんと約束して」

「約束する」

「みんな自分の頭のなかだけで起きたことだって言って」

「全部わたしの頭のなかで起きたことです」

沈黙。

「ビナ、あなたの言うとおりよ。ごめんなさい。みんな――余震みたいなものよ。死んだあともしばらくニューロンが電気を発し続けるようなもの」

「いまのは」ビナの声からとげが消える。「よくわからないたとえだけど」

「ごめんなさい。ともかく、おかしなことをする気はないから」

「約束だよ」

「約束する」

「来週のトレーニングのときは、もう――どう言えばいい？　こっちが心配になるような話はしないよね？」

「心配になるようなうめき声くらいは漏らすかもしれないけど」

ビナが笑顔を作る音が聞こえるようだった。「ドクター・フィールディングから聞いたけど、あれからまた外に出たんだって？　すぐ先のカフェまで行ったらしいね」

あれからもう百年くらい過ぎた気がするけど。「行ったわよ」

「どうだった？」

「大惨事だった」

「それでも、外には出た」

「外には出た」

また沈黙があった。「くどいようだけど……」

「約束する。今回のことは、みんなわたしの頭のなかで起きたことよ」

またねと言い合って、電話を切った。

気づくと手でうなじをさすっていた。嘘をつくときのわたしの癖だ。

86

行動を起こす前に、慎重に考えなくては。些細な失策一つ許されない。味方はいないのだから。

いや、味方は一人だけいるかもしれない。でも、この時点ではまだ連絡しない。できない。

考えて。よく考えなくてはいけない。そして考えるには、睡眠が必要だ。ワインのせいもありそうだけれど――おそらくそうだろう――急に猛烈な疲労感に襲われた。携帯電話を確かめる。十時半になろうとしていた。光陰矢のごとし。

リビングルームに戻ってランプを消す。書斎に上がり、デスクトップパソコンの電源を落とす（ルークンロールからメッセージ――〈おーい、どこ行った？？？〉）。さらに階段を上って、寝室へ。パンチが足を引きずりながらついてきた。あの足、何とかしてやらないと。イーサンに頼んで動物病院に連れていってもらおうか。

バスルームをのぞく。疲れて、顔を洗う気力、歯を磨く気力もない。それに両方とも今朝したばかりだ。明日でもいいだろう。服を脱ぎ、猫を抱き上げて、ベッドに入った。

パンチは上下のシーツのあいだをうろうろしたあと、隅っこに落ち着いた。わたしは猫の寝息に耳を澄ました。

これもきっとワインのせいだろう――というより、ワインのせいだと思って間違いないだろう――どうにも寝つけなかった。仰向けでぼんやりと天井を見つめる。壁との境目を埋めるモールディングを目で追う。横向きになって、廊下の暗がりに目を凝らす。うつ伏せになって、枕に顔を押し当てる。

テマゼパム。プラスチック容器に入って、いまもコーヒーテーブルの上にある。起きて一階に下りたほうが早いのに、ぐずぐずとまた寝返りを打って、今度はさっきと反対を向く。

窓から公園が見える。その向こうのラッセル家は、寝支度をすませていた。キッチンは暗く、リビングルームはカーテンが閉ざされている。イーサンの部屋にともった明かりは、パソコン画面の青白い光だけだ。

その光を見つめているうちに、まぶたが重くなった。

「ねえ、どうする気なの、マミー？」

姿勢を変えて枕に顔を埋め、まぶたをぎゅっと閉じた。いまはだめ。いまはやめて。何か別のこと、何でもいいから別のことを考えよう。

ジェーンのことだけを考えよう。

記憶を逆回しに再生した。ビナとの電話のやりとり、さっき窓際に立ってガラスに手を当てていたイーサンのシルエット。リールを交換して、『めまい』を早送りで飛ばして、イーサンが訪ねてきたシーンまで遡《さかのぼ》った。この一週間ほどの孤独な時間が逆向きに流れていく。キッチンに大勢が集まった——まず刑事が二人、次にデヴィッド、アリステアとイーサン。映像はにじみながら加速する。カフェ、病院、彼女の死を目撃した夜。カメラが床から飛び上がってわたしの手に戻る。バック、バック、バック——彼女が流しの前で振り返って、わたしを見た瞬間まで。

そこで止めて。体をねじって仰向けになり、目を開いた。頭上に広がる天井がスクリーンだ。

そこにジェーンが——わたしがジェーンとして知っているあのひとが大写しになる。キッチンの窓の前に立っていて、三つ編みにした髪が肩甲骨のあいだに垂れている。

その場面がスローモーションで再生された。

ジェーンが振り返る。そのはつらつとした顔、電気を帯びたようにきらめく目、光を跳ね返しているシルバーのロケットペンダントに、ズームインする。次にズームアウトして、広角で映す。片手に持った水のグラス、もう一方にはブランディのグラス。「ブランディって本当に気付けになるのかしらね」さえずるような声がサラウンド再生で聞こえた。

そのフレームで再生を停止した。

こういうとき、ウェスリーなら何と言う？「疑問点を整理してみようか、フォックス」

疑問1――彼女はなぜ、ジェーン・ラッセルと自己紹介したのか。

……疑問1の補遺――彼女がそう名乗ったのだったか。先にそう言ったのはわたし、先にその名前で呼んだのはわたしではなかったか。

記憶をまた少し巻き戻す。初めて彼女の声を耳にした瞬間まで。流しの前でこちらを振り返った彼女が大写しになる。そこから再生――「となりの家に行こうとしてたのよ……」

これだ。ここだ。この人はとなりの家の奥さんだとわたしが思ったのは、盤上の駒を読み違えたのは、この瞬間だ。

それを踏まえて、疑問2――彼女はどう反応したか。天井のスクリーンに目を凝らしながら早送りし、彼女の唇が動き始めた瞬間で止めて、再生する。まず自分の声が聞こえた。

「公園の向こうのお宅の人ね」「ジェーン・ラッセルよね」

彼女の頬が紅潮する。唇が開いて――

そのとき、何か大きな音がした。スクリーン外の音だった。

一階から聞こえている。

ガラスが割れる音。

87

九一一に通報したら、警察は何分で来てくれるだろう。リトルに電話をかけたら、駆けつけてくるだろうか。

手で横を探る。

電話がない。

すぐ横の枕を探る。毛布を叩く。ない。電話がなかった。

考えて。落ち着いて。最後に使ったのはいつ？　階段で、ビナと話したときだ。そのあと――そのあとリビングルームに行って明かりを消した。電話はどうした？　書斎に持っていった？　そのまま書斎に置きっぱなし？

どこにあるかは問題じゃないと思い直した。とにかくいま手もとにないのだ。

静まり返った家に、また響いた。ガラスが砕ける音。

ベッドから脚を片方ずつ下ろし、足の裏をカーペットにしっかりつける。マットレスを押して、立ち上がる。椅子にかけてあったローブを取り、羽織る。忍び足でドアに向かった。

暗い廊下に、天窓から灰色の光がぼんやり射している。寝室から出て、壁に背中を押し当てた。とぐろを巻いたような階段を下りる。息をひそめ、大砲のように轟く心臓の音を聞きながら。

一つ下の踊り場に立つ。下の階からは物音一つしない。

ゆっくり——ゆっくり——籐のマットの粗い感触がかかとから爪先へと伝わる。書斎の入口に来ると、カーペットの感触に変わった。入ってすぐのところから、机に目を走らせる。電話はない。

向きを変える。物音は、このすぐ下の階から聞こえている。武器になりそうなものはない。助けを呼ぶこともできない。

下からまたガラスが砕け散る音がした。

びくりとした拍子に、ドアノブに腰がぶつかった。

納戸のドア。

ノブをつかむ。回す。かちりと音がした。ドアを引いて開ける。

木炭のような闇が口を開けていた。そこに足を踏み出す。

なかに入り、右に手を伸ばす。指先が棚をかすめた。電球の紐が額を叩く。危険だろうか。やめたほうがいい。明るすぎる。光は階段にもあふれ出すだろう。

目隠し遊びの鬼のように両手を前に大きく伸ばし、暗闇に分け入った。やがて片方の手が目的のものを見つけた。金属の工具箱の冷たい感触。手探りで留め具をはずし、なかに手を入れた。

カッターナイフ。

武器を手に納戸を出て、カッターナイフのスライダーを動かす。どこからか射す月光を、飛び出した刃が跳ね返した。肘を体の脇にぴたりとつけ、ナイフの切っ先をまっすぐ前に向けて、階段の下り口に向かう。反対の手で手すりをつかむ。最初の段に足を下ろす。

そこで、図書室の電話のことを思い出した。固定電話の子機。ほんの数メートル先だ。図書室に進路を変更した。

けれど、一歩踏み出す間もなく、一階から別の音が轟く。

「ミセス・フォックス」男の声。「来てもらえませんかね。キッチンにいるから」

88

この声なら知っている。

震える手でナイフを握り締め、つるつるした手すりに掌を這わせながら、慎重に階段を下りた。自分の息づかいが聞こえる。足音が聞こえる。

「その調子。ただし、もう少し急いで頼む」

一階まで下り、入口のすぐ手前でためらった。息を深く吸おうとしてむせ、喉がごぼごぼと鳴った。音を殺そうとした。わたしがここにいることはもう知られているのに。

「入ってくれ」

わたしは入った。

キッチンにあふれる月光は、カウンターを銀色に染め、窓際の空きボトルを満たしていた。蛇口がほのかな光を放っている。流しは光の湖だ。木製の部分まで輝いている。

彼はアイランド型のカウンターにもたれていた。白い光のなか、二次元のシルエットになって浮かび上がっている。足もとで破片がきらめいていた。砕けたガラスが放つ、三角形や薄い曲面のきらめき。カウンターの彼のすぐとなりには、ボトルとグラスの摩天楼がそびえ、月の光を浴びている。

「申し訳ないね」──彼は腕を広げてそのへんを曖昧に指した──「散らかしてしまって。上の階にまで行かずにすませたかったから」

わたしは答えなかった。カッターナイフをしっかり握り直す。

「ここまでは我慢してきたよ、ミセス・フォックス」アリステアはため息をつき、顔の向きを変えた。光に横顔の輪郭がくっきりと描き出された。広い額、とがった鼻。「ドクター・フォックス、か。あんたの……こだわりに従えば」酒のせいで呂律《ろれつ》が回っていない。ひどく酔っているようだ。

「ここまでは我慢してきた」アリステアは繰り返した。「いろんなことを我慢してきた」涙をすすり、コップを一つ選び出して、左右の掌ではさんで転がす。「それはみんな同じだろうが、なかでもわたしは忍耐を強いられてきた」さっきまでより姿がはっきり見えた。ジャケットの前ジッパーを首もとまで上げ、黒っぽい色の手袋をしている。わたしは喉が苦しくなった。

それでもまだ返事はしなかった。電灯のスイッチに近づいて手を伸ばした。

その手のほんの十センチほど先で、グラスが破裂した。わたしは飛びすさった。「暗いままでいい」アリステアの怒鳴り声がした。

わたしは動けなかった。ドア枠を握り締めた。

「誰か忠告してくれたらよかったんだがな。あんたには気をつけろと」アリステアは首を振って笑った。

わたしは生唾をのみこんだ。アリステアの笑い声はしだいに小さくなって、消えた。

「ここの地下室の鍵を息子によこしたそうだな」アリステアは手に持った鍵を掲げた。

「返すよ」カウンターの上で、鍵がちりんと音を立てた。「たとえあんたのその頭がまともだったとしても、息子をおとなの女に近づけたくない」

「警察を呼ぶわ」わたしはかすれた声で言った。

アリステアはせせら笑った。「どうぞどうぞ。電話ならここだよ」そう言ってカウンターからわたしの電話を取り、軽く投げ上げた。一度。二度。

そうだった――キッチンに置きっぱなしにしたのだ。一瞬、アリステアは電話を床に叩きつけるのではないかと思った。あるいは壁に投げつけるのではと。でも、そうはせずに鍵と並べてカウンターに置いた。「警察はまともに相手しないだろうね」そう言って一歩こちらに近づく。わたしはカッターナイフを持ち上げた。

「おっと！」アリステアはにやりとした。「おっと危ないぞ！　そんなもの、何に使うつもりかな」また一歩前に出る。

今回はわたしも前に出た。

「わたしの家から出ていって」腕がぐらつく。手が震える。カッターナイフの刃は光を跳ね返して銀色に鋭く輝いた。

アリステアが動きを止めた。息も止めた。

「あの人は誰だったの？」わたしは言った。

次の瞬間、アリステアの手が飛んできてわたしの喉をつかんだ。そのままわたしを押す。わたしは背中から壁にぶつかり、後頭部に衝撃が走った。悲鳴が漏れた。アリステアの指が皮膚に食いこんでくる。

「あんたは妄想に取り憑かれてる」酒臭い熱い息がわたしの顔に吹きかけられ、目を痛めつけた。「息子に近づくな。妻に近づくな」

喉が詰まってぜいぜいと音を立てた。片手でアリステアの手を引き剝がそうとした。彼の手首に爪を立てた。

反対の手に握ったナイフで、彼の脇腹をえぐろうとした。

けれど狙いは大きくはずれて、ナイフが床に落ちた。アリステアがそれを踏みつけ、喉をつかんだ手にさらに力をこめた。わたしの喉が、げえと鳴った。

「うちの家族に近づくんじゃない」アリステアが言った。

何秒かが過ぎた。

さらに何秒か。

視界がにじむ。涙があふれて頬を伝う。

意識が遠のいていく――

と、彼が手を放した。わたしは壁をすべって床にへたりこみ、あえいだ。

彼がはるか高みからこちらを見下ろしている。足をさっと動かす。カッターナイフが部屋の隅にすべっていった。

「覚えておけ」アリステアは肩で息をしている。声はしゃがれていた。その顔を見上げるのが怖かった。

ところが、アリステアは続けてもうひとことだけ言った。小さな声、いまにも折れてしまいそうな細い声で。「頼むから」

静寂。まもなくブーツを履いた彼の足が向きを変え、遠ざかっていった。

カウンターを回っていくとき、彼の腕がその上を払った。グラスが次々と床に落ち、割れ、破片が飛び散った。わたしは悲鳴を上げた。出てきたのは笛が鳴るようなかすれた音だった。

アリステアは玄関ホールのドアを乱暴に引き開けた。玄関のドアが開く音と、叩きつけるように閉まる音がそれに続いた。

わたしは片手でそっと喉を押さえ、もう一方の手で自分の胸を抱いた。そして泣きじゃくった。

やがて足を引きずりながらやってきたパンチに優しく手を舐められて、わたしはいよいよ激しく泣きじゃくった。

11 月 14 日　日曜日

89

バスルームの鏡で喉を確かめた。宝石のように青い痣が五つ、手の形についている。タイル張りの床に丸くなって、痛めた足を気にしているパンチを見下ろす。やれやれ、お似合いのコンビだ。

ゆうべの一件を警察に訴えるつもりはなかった。その気はないし、相談はできない。もちろん、証拠はある。現に皮膚に指の跡が残っている。でも、警察に話せば、そもそもアリステアがここに来た理由を話さなくてはならなくなるだろう。理由は……話せない。

〝わたしがつきまとって嫌がらせをしていた一家の十代の息子さんに、うちの地下室に入り浸るように誘ったんです。ほら、死んだ子供と死んだ夫の代わりになるかと思って〟。決してよい印象は与えないだろう。

「よい印象は与えない」声の具合を見るために、口に出して言ってみた。弱々しくてしわがれていた。

バスルームを出て階段を下りた。ローブのポケットの奥にしまった携帯電話が、太ももを叩く。

割れたガラス、ボトルやグラスのバラバラ死体を掃き集めた。床にめりこんだ小さな破片も抜き取って、全部まとめてビニール袋に入れた。喉をつかまれ締め上げられた記憶を振り払う。わたしを見下ろしていたアリステア。まばゆく輝く残骸を踏みつけて迫ってきたアリステア。

室内履きの下で、ホワイトバーチの床板が砂浜のようにきらめいていた。

キッチンのテーブルで、カッターナイフをもてあそび、刃が出たり入ったりするかちかちという音をぼんやりと聞く。

公園の向こうを見やる。ラッセル家がこちらを見返す。窓はどれも無人だった。三人はどこにいるのだろう。アリステアはどこだろう。

もっとちゃんと狙い澄ませばよかった。もっと思いきり斬りつければよかった。ナイフの刃が彼のジャケットを切り裂き、その下の皮膚も切り裂くところを想像する。

でももし成功していたら、傷を負った男性を家のなかに抱えることになっていたわけだ。カッターナイフを置き、マグを口もとに運ぶ。戸棚には紅茶がなかった。エドは紅茶が好きではなかったし、わたしはほかの飲み物を好んだ。というわけで、塩をひとつまみ溶かしたぬるま湯を飲んでいる。塩分が喉に染みて、顔をしかめた。

また公園の向こうを見る。それから立ち上がり、ブラインドを閉めた。

ゆうべのことは、熱に浮かされて見た夢のよう、ゆらりと立ち上って消えた煙のように思えた。天井をスクリーンにして見た映画。ガラスの透き通った悲鳴。納戸の暗闇。とぐろを巻いた階段。そして、わたしを呼び、わたしを待ち構えていたアリステア。

喉に手をやる。〝夢だったなんて言わないで、彼はここに来ていないなんて言わないで〟。どこかで聞いたような――ああ、そうか。これも『ガス燈』のせりふだ。

だって、夢などではなかったのだから（〈これは夢なんかじゃない。現実に起きてることなの！〉――『ローズマリーの赤ちゃん』のミア・ファロー）。わたしの家は侵された。わたしの所有物が壊された。わたしは脅された。襲われた。なのに、それに対して何一つできずにいる。

あらゆることについて、わたしは何もできない。昨日の一件で、アリステアは暴力的な人物だと知った。いざとなったらどこまでやるか、身をもって知った。でも、彼の言うとおりだ。警察は耳を貸さないだろう。ドクター・フィールディングは、妄想だと判断するだろう。ビナには、忘れて前に進むと約束した。イーサンには手が届かなくなってしまった。ウェスリーは逃げていった。誰もいない。

「だーれだ」

今回はオリヴィアの声だ。かすかだけれど、はっきり聞こえる。

やめて。わたしは首を振る。

〝あの人は誰だったの？〟とわたしはアリステアに訊いた。

本当に存在するのなら。

わからない。きっとわからないままになるのだろう。

90

午前中いっぱいベッドで過ごした。午後は、泣かないように、考えないようにしながら――ゆうべのこと、今日のこと、明日のこと、ジェーンのこと――引き続きベッドで過ごした。

窓の外に目をやると、黒い雲が低く迫ってこようとしていた。携帯電話のお天気アプリをタップする。夜半に暴風雨になるという予報だった。

夕暮れの空は陰気だった。カーテンを引き、ノートパソコンを開いてかたわらに置き、『シャレード』をストリーミングで見た。パソコンの熱でシーツがぬくもる。

「いったいどうしたら信じてもらえるんだ?」ケイリー・グラントが尋ねる。「次の被害者になれば納得するのか?」

身震いが出た。

映画が終わるころには半分眠っていた。エンディングの音楽が盛り上がって、わたしは手を伸ばしてパソコンをぴしゃりと閉じた。

しばらくして、電話の着信音で目が覚めた。

緊急警報
お住まいの地域に洪水注意報が発令されました。東部夏時間午前3時ごろまで、洪水頻発地域を避けてください。

地元報道機関による最新情報を入手してください。

——国立気象局

さすが気象局、警戒怠りない。わたしはどうあっても洪水頻発地域は避ける予定だ。一つあくびをしてベッドを下り、窓際に行く。

外は真っ暗だ。まだ雨は降っていないが、雲はさらに低く垂れこめて、空そのものが落ちてきているように見えた。スズカケの枝はゆさゆさと揺れている。風の音が聞こえた。片腕で胸を抱く。

公園の向こう、ラッセル家のキッチンに明かりがともった。彼だ。冷蔵庫に歩み寄り、扉を開けて、瓶を取り出した。きっとビールだろう。今夜も酔っ払う気だろうか。

気づくと喉に手をやっていた。痣がうずいた。

カーテンを閉め、ベッドに戻った。電話の画面に表示されたメッセージを消し、時刻を確認する。09：29pm。もう一本、映画を見ようか。それとも一杯飲もうか。

ぼんやりと画面を触りながら迷った。飲むほうにしよう。一杯だけ。飲むと喉が痛いから。

指先に色が閃いた。見ると、写真アプリが開いていた。鼓動が止まりかける。わたしの寝顔を写したあの写真が表示されていた。わたしが自分で撮ったらしい写真。

思わずたじろいだ。一瞬考えてから、削除した。

入れ違いに、その前に撮影した写真が表示された。

何の写真かとっさにわからなかった。それから思い出した。キッチンの窓から撮った写真だ。オレンジシャーベットの色をした夕陽、それに噛みついているような遠くの建物。黄金色の光に包まれた町並み。空に一羽、大きく翼を広げたまま静止した鳥。

そして窓ガラスに、わたしがジェーンとして知っていたあのひとが映っていた。

91

半透明で、輪郭はぼやけていた――でも、ジェーンだ。間違いない。右下の隅に幽霊のようにぼんやり映りこんでいる。目はまっすぐカメラを見ていて、唇は開かれ、片方の腕は画面の外に伸びていた。そう、たしかボウルで煙草をもみ消していた。煙が頭上で黒っぽい渦を描いている。タイムスタンプは０６：０４ｐｍ、日付はざっと二週間前。

ジェーン。わたしは画面に顔を近づけた。息をするのも忘れていた。

ジェーン。

〝世界は美しい場所よ〟と彼女は言った。

〝それを忘れちゃだめ〟と彼女は言った。

〝でかした〟と彼女は言った。

その三つを本当に言ったのだ。三つとも。だって、彼女は本当に存在したのだから。

ジェーン。

転がり落ちるようにベッドを出た。はずみでシーツが引きずられ、ノートパソコンが床に落ちた。わたしは窓に飛びつき、カーテンを引き開けた。

ラッセル家のリビングルームに明かりがともっていた。すべてが始まった部屋。そこに二人が座っている。あのストライプ柄のラブシートに、二人が座っていた。アリステアと、その妻。アリステアはやや前かがみの姿勢で、瓶ビールを持っていた。妻のほうは、ラブシートの上に横座りして、艶やかな髪をかき上げていた。

嘘つき夫婦。

わたしは手に持った電話を見た。

これをどうしたら？

リトルが何と言うかは予想がつく。きっとこうだ――その写真自体が存在することの証明にしかなりませんね。それと、その身元不明の女性が存在することの証明にしかなりません。

「ドクター・フィールディングも取り合ってくれないだろうな」エドが言った。

黙ってて。

でも、エドの言うとおりだ。

考えて。考えて。

「ビナに話してみたら、マミー？」

やめてったら。

考えなくちゃ。

次の手は一つしかない。ラッセル家のリビングルームから、一つ上の階の暗い部屋に視線を動かす。

よし、ポーンを取ろう。

「もしもし？」

ひな鳥の声。か弱くて細い。わたしは外の闇を透かしてイーサンの部屋に目を凝らす。

姿は見えなかった。

「アナよ」わたしは言った。

「わかってる」ささやくような声。

「いまどこ？」

「自分の部屋」

「見えないけど」

一瞬の間があって、幻のような人影が窓際に現れた。痩せた体、青白い肌、白いTシャツ。わたしは窓ガラスに手を押し当てた。

「そっちからわたしは見える？」

「見える」

「うちに来て」

「無理だよ」彼は首を振る。「だめだって言われてる」

わたしは一つ下の階のリビングルームを見た。アリステアとジェーンはまださっきと同じところにいる。

「わかってる。でも、とても大事な話があるの。ものすごく大事な話なの」

「お父さんに鍵を取り上げられた」

「知ってる」

一瞬の間。「ねえ、ぼくから見えるとしたら……」言葉がそこで途切れる。

「何？」

「ぼくから見えるんだから、うちの両親からも見えるよ」

わたしは一歩下がり、ほんのわずかな隙間を残してカーテンを閉めた。リビングルームを見る。二人の様子に変化はない。

「とにかく来て。お願いだから。あなたも……」

「何？」

「あなたも――ね、いつなら家を出られそう？」

また間があった。自分の電話をちらりと確かめて、また耳に押し当てる。「あの二人はいつも十時からテレビで『グッド・ワイフ』を見るんだ。そのときなら出られるかも」

今度はわたしが電話を見て時刻を確かめる。あと二十分。「わかった。それでいきましょう」

「何かあったの？」

「いいえ」怖がらせてはいけない。〝あなたも危険よ〟。「話しておきたいことができただけ」

「明日行くんじゃだめかな、そのほうが簡単だけど」

「急ぎの話なの。本当に――」

わたしは一つ下の階の様子をうかがった。ジェーンはうつむいている。手には瓶ビール。

アリステアがいない。

「電話を切って」声がうわずった。

「どうして？」

「いいから切って」

イーサンが驚いて口を開く。

部屋がぱっと明るくなった。

背後にアリステアが立っている。手は電灯のスイッチに触れていた。

イーサンが勢いよく振り向き、電話を持った手を下ろす。電話が切れる音が伝わってきた。

わたしは声もなくなりゆきを見守る。

アリステアが部屋の入口から何か言った。イーサンは前に出て手を上げ、電話を振ってみせる。

一瞬、二人はにらみあう。

アリステアがつかつかと息子に近づく。電話を取り上げる。画面を見る。

イーサンを見る。

息子のそばを通り過ぎて窓の前に立ち、外を見据える。わたしは窓際から寝室の奥へと退却する。

アリステアは両手を大きく広げ、両側からカーテンを引く。

部屋はぴたりと閉ざされた。

チェックメート。

92

わたしはカーテンに背を向け、自分の寝室を見つめた。

公園の向こうのあの部屋で何が起きているのか——わたしのせいで何が行なわれているのか、想像もできない。

足を引きずって階段に向かう。一歩踏み出すごとに、イーサンのことを思う。あの窓の奥にいるイーサン、父親と二人きりになったイーサン。

ダウン、ダウン、ダウン。

キッチンに入る。流しでグラスを一つ、さっとすすぐ。雷鳴が低く轟いて、わたしはブラインドの隙間から外をのぞく。雲が流れる速度は上がり、木の枝がばたばたと暴れていた。風が強くなっている。暴風雨が迫っている。

テーブルについて、メルローをちびちびと飲む。〈ニュージーランド、シルヴァーベイ〉。ラベルには荒波にもまれる船を描いたエッチング画があって、その下に文字が並んでいる。ニュージーランドに引っ越して、一からやり直そうか。シルヴァーベイという響きに惹かれる。また船に乗りたい。

いつかこの家を出られるようになったら。

窓際に行って、ブラインドの羽根を持ち上げる。雨がガラスを叩いている。公園の向こうに視線を投げる。イーサンの部屋のカーテンは閉ざされたままだった。

テーブルに戻ると同時に、玄関のブザーが鳴った。

その音は、警報のように静寂を切り裂いた。手がびくりと動き、ワインが揺れてグラスの縁からあふれた。わたしはドアのほうを見た。

きっと彼だ。アリステアだ。

パニックが不意打ちを仕掛けてくる。ポケットに手を入れて電話を握り締めた。もう一方でカッターナイフを引き寄せた。

立ち上がり、そろそろとキッチンを横切る。インターフォンの操作盤に近づく。覚悟を決めて、モニターを見た。

イーサンだ。

肺が緊張を解く。

イーサンは両腕で胸を抱くようにしながら体を揺らしている。わたしはボタンを押してロックを解除した。まもなくイーサンが入ってきた。髪に雨粒が散ってきらめいていた。

「どうして来たの？」

イーサンは意外そうにわたしを見た。「来てって言ったじゃない」

「でも、お父さんが……」

イーサンはドアを閉め、わたしの横をすり抜けてリビングルームに入った。「水泳教室の友達と話してたってことにした」

「でも電話をチェックしてたでしょう？」あとを追って歩きだしながら、わたしは訊いた。

「番号を別の名前で登録してあったから」

「かけ直せばわかってしまうわ」

イーサンは肩をすくめた。「お父さんはかけ直さなかった。あれは何？」カッターナイフを見ている。

「何でもない」わたしはナイフをポケットに入れた。

「バスルーム、借りていい？」

わたしはうなずいた。

イーサンがレッド・ルームに行っているあいだに、電話をタップして、次の準備を整えた。

トイレの水が流れる音、蛇口から水が噴き出す音。イーサンがわたしのいるほうに戻ってきた。「猫ちゃんは？」

「どこかしら」

「足の具合はどう？」

「心配ない」いまは二の次だ。「見てもらいたいものがあるの」わたしは電話をイーサンの手に押しつけた。「写真アプリをタップして」

イーサンはわたしの顔を見て、額に皺を寄せた。

「いいから、アプリを開いて」わたしは言った。

アプリをタップするイーサンの表情を観察した。振り子時計が十時の時報を打ち始めた。

わたしは息を殺してイーサンを見守った。

すぐには何の反応もなかった。イーサンの表情に変化はない。「ここの前の通りだね。朝日が昇るところ」そう言う。「いや――待って。こっちは西だ。とすると、夕陽――」

イーサンは口をつぐむ。

見つけたのだ。

一瞬の沈黙。

イーサンは目を見開いてわたしを見た。

時報の六つめ。七つめ。

イーサンが口を開く。

八。九。

「これ――」イーサンが口ごもる。

十。

「真実を話す時が来たんじゃないかしら」わたしは言った。

93

時を告げる鐘の音の最後の一つが尾を引くなか、イーサンは息をするのも忘れた様子でただ突っ立っていた。わたしは肩に手を添えてソファに導いた。二人並んで座る。イーサンは電話を握り締めたままだった。

わたしは無言でイーサンを見つめた。心臓は閉じこめられたハエのように飛び回っていた。震え出してしまいそうな両手を組み、膝に置く。

イーサンが小声で何か言った。

「え？」

咳払い。「これ、いつ気づいたの？」

「今夜。あなたに電話する直前」

イーサンはうなずいた。

「このひとは誰？」

イーサンはまだ電話を凝視していた。わたしの声が聞こえていないのかと思った。

「このひとは――」

のお母さんは――」

「ぼくのお母さんです」

わたしは眉をひそめた。「それは違うわよね、だって刑事が言ってたでしょう、あなたのお母さんは――」

「ぼくの本当のお母さん。生みの母です」

わたしは彼を見つめた。「あなた、養子なの？」

イーサンは答えなかった。目を伏せたままうなずいただけだった。

「じゃあ……」わたしは身を乗り出し、髪をかき上げた。「じゃあ……」

「このひとは――どこから話したらいいのかな」

わたしは目を閉じ、狼狽《ろうばい》した気持ちを脇に押しのけた。イーサンにはガイド役が必要だ。それこそわたしの得意分野だ。

イーサンのほうを向いて座り直し、ももの上でローブの裾をきちんとそろえ、イーサンを見た。「引き取られたのは何歳のとき？」

イーサンはため息をつき、背もたれに体を預けた。その重みでクッションが大きく息を吐き出す。「五歳のとき」

「遅かったのね」

「それは、お母さんが――ドラッグの依存症だったから」初めて歩きだそうとしている子馬のようにたどたどしい。この子はこれまで何度同じ話をしてきたのだろう。「ドラッグの依存症だったし、すごく若かったから」

ジェーンがあれほど若々しく見えたことに、それで説明がつく。

「だから、いまのお母さんとお父さんに引き取られた」わたしはイーサンの表情を観察した。イーサンは舌の先で唇を湿らせた。こめかみに垂れた雨粒がきらりと光った。

「子供のころはどこに住んでたの」わたしは尋ねた。

「ボストンの前？」

「そう」

「サンフランシスコ。そこで引き取られた」

とっさにイーサンに触れたくなったけれど、その衝動を抑え、代わりに彼の手から電話を取ってテーブルに置いた。

「一度、お母さんが探しに来たことがあって」イーサンが話を続ける。「ぼくが十二歳のとき。ボストンまで会いに来たんだ。突然、家に来て、ぼくに会わせてって言った。お父さんが断った」

「じゃあ、あなたは直接話をしていないのね」

「うん」イーサンは深く息を吸いこんだ。目が濡れていた。「お父さんもお母さんも、ものすごく怒った。もしまた押しかけてくるようなことがあったら——二人に言うようにって」

わたしはうなずき、リラックスした姿勢を取った。イーサンはもう、自分のペースで話をし始めている。

「そのあと、ニューヨークに引っ越した」

「でも、お父さんは会社を首になってしまったのよね」

「うん」警戒するような声だった。

「それはどうして？」

イーサンはぎこちなく体を動かした。「上司の奥さんと何かトラブルがあったみたいだけど、ぼくは知らない。そのことでずいぶん揉めてた」

〝何やらわけありげですから〟とアレックスは舌なめずりしていた。これでわかった。ちょっとした不倫。よくある話だ。それで得るものは何かあったのだろうか。

「新しい家に引っ越してすぐ、残してきた用事をすませるって言って、お母さんは泊まりがけでボストンに戻った。お父さんと離れたかったのもあるのかな。そのあと、お父さんもボストンに行った。それで家にぼく一人になった。二晩だけだけど。初めてじゃない。そのとき、あのひとが来た」

「実のお母さんが」

「そう」

「名前は？」

イーサンは洟をすすった。鼻の下を拭う。「ケイティ」

「いまの家に来たわけね」

「うん」また洟をすする。

「それはいつ？　正確にはいつだった？」

「覚えてない」首を振る。「あ、待って――ハロウィーンだった」

わたしが彼女と知り合った日だ。

「もう……〝グリーン〟だからって言ってた」濡れたタオルをつまみ上げるように、その言葉を発音する。「もうドラッグはやってないって」

わたしはうなずいた。

「お父さんの転勤のことや、ニューヨークに引っ越したことはネットで知ったって言ってた。それでここまで追いかけてきた。どうしようか考えてたら、うちの両親が泊まりがけでボストンに行った」そこで言葉を切って、手をもう一方の手で掻いた。

「で、どうなったの？」

「で……」目をぎゅっとつむっている。「うちに来たんだ」

「実のお母さんと話をしたのね？」

「うん。ぼくが家に入れた」

「それがハロウィーン当日」

「そう。その日の昼間」

「わたしはその日の午後に彼女と初めて会ったの」

イーサンは目を伏せたままうなずいた。「ホテルに写真アルバムを取りにいったんだ。昔の写真を見せたいって言って。赤ん坊のころの写真とか。うちに戻ってくる途中で、あなたに会った」

腰に回された彼女の腕、頬をかすめた彼女の髪の感触を思い出す。「でも、あなたの母親だって自己紹介した。あなたの――ジェーン・ラッセルを名乗ったのよ」

イーサンはうなずいた。

「知ってたのね」

「知ってた」

「どうしてなの？　あのひとはどうして別人のふりをしたの？」

イーサンはようやくわたしの顔を見た。「自分からそうしたわけじゃないって言ってた。

あなたからぼくのお母さんの名前で呼ばれて、とっさに言い訳を思いつかなかったからって。そもそも、うちに来たことは内緒だったわけだから」そう言って室内を曖昧に指し示す。「ここにも来てないことにしなくちゃならないでしょ」言葉を切り、また手を掻く。

「それに、いい気分だったんじゃないかな。ぼくの――母親のふりができて」

雷鳴が轟いた。空が割れたような音だった。わたしたちはそろって飛び上がった。

一瞬の間をおいて、わたしは尋ねた。「で、それから何があったの？　わたしを助けてくれたあと、彼女はどうしたの？」

イーサンは自分の手を凝視した。「うちに戻ってきて、また少し話をした。ぼくが赤ん坊だったころの話とか。ぼくを養子に出したあと、どんなことがあったかとか。写真も見せてもらった」

「それから？」

「帰った」

「ホテルに帰ったのね」

イーサンは首を振った。ゆっくりと。

「じゃあ、どこに行ったの？」

「そのときは、ぼくも知らなかったんだ」

刺すような痛みを胸に感じた。「どこに行ったの？」

イーサンはまた目を上げてわたしを見た。「ここに」

時計の音だけが響いた。

「どういうこと？」

「ここの地下室に住んでる人——住んでた人と会ったんだ」

わたしは呆然と彼を見つめた。「デヴィッド？」

イーサンはうなずいた。

ハロウィーンの翌朝の記憶をたどる。デヴィッドと二人でネズミの死骸を片づけていたとき、下の階から水が流れる音が聞こえた。地下室のベッドサイドテーブルにあったイヤリングのことも思い出した。〝あれはキャサリンって女の持ち物だ〟。キャサリン——ケイティ。

「地下の部屋にいたのね」

「ぼくもあとになってから知ったんだ」イーサンはそう繰り返した。

「何日くらいいたのかしら」

「それは……」イーサンの声は、喉から出てくる前にしぼんだ。

「何日？」

イーサンは手を組んだ。「ハロウィーンの次の日も来て、また話をした。そのとき、ぼくもあのひとに会いたいって、その、ちゃんとした形で会いたいって、うちの両親に話しておくって伝えた。ぼくはもうじき十七歳になるし、どのみち十八歳になれば、ぼくの好きにできるわけだから。それでその次の日、両親に電話して、その話をした。

そうしたらお父さんは激怒した」イーサンは続けた。「お母さんも怒ってたけど、お父さんは怒り狂ってた。すぐ帰ってきて、あのひとはどこにいるのかって訊かれたけど、ぼくが教えずにいたら……」目から涙が一粒こぼれ落ちた。

わたしは肩にそっと手を置いた。「あなたに暴力を振るったの？」

イーサンは無言でうなずいた。しばらく沈黙が続いた。

やがてイーサンは大きく息を吸いこんだ。もう一度。「ここにいるって、本当は知ってた」震え声だった。「あなたとそこにいるのが」――キッチンに目をやる――「自分の部屋から見えたんだ。しかたなくお父さんに話した。ごめんなさい。本当にごめんなさい」

涙はもう止めどなく流れていた。

「いいのよ……」イーサンの背中に手を伸ばしたものの、触れるのをためらった。

「自分がお父さんから逃げたかったから」

「わかるわ」

「でも……」指で鼻の下を拭う。「あのひとがここを出るところも見た。だから、お父さんが探しに来ても、もういないことは知ってた。お父さんがここに来たのはそのあと」

「そうね」

「部屋からずっと見てた。お父さんがあなたに怒鳴り散らしたりしませんようにって祈ってた」

「それはなかったわ」〝今日の夕方、誰かこちらに来ませんでしたか〟アリステアはそう尋ねた。のちにこう説明した。〝わたしが探していたのは息子です。妻ではなく〟。嘘ばかりだ。

「お父さんが帰ってきたあとすぐ、あのひとが……また押しかけてきた。お父さんがボストンから戻ってるとは知らなかったらしくて。もともとはその次の日に帰ってくる予定だったから。玄関のチャイムが鳴って、お父さんはぼくに出ろって言った。あのひとをなかに入れろって。すごく怖かった」

わたしは黙って先を待った。

「お父さんと話し合いをした。ぼくも、あのひとも」

「リビングルームで」わたしは小さな声で言った。

イーサンが目をしばたたく。「見たの？」

「見たわ」三人がいたことを覚えている。イーサンとジェーン――ケイティがラブシートに並んで座り、アリステアは向かいの椅子に座っていた。〝家族の本当の姿は、他人には見えない〟

「話し合いはあまりうまくいかなかった」イーサンの息づかいのリズムは不規則になっていた。ときおりしゃくり上げている。「お父さんは、もしもまた来たら警察を呼ぶぞ、しつこくつきまとわれてるって話して逮捕してもらうからなって言った」

脳裏にはまだ、窓越しに見た家族の肖像が映し出されていた。息子、父親、そして母親。

〝家族の本当の姿は、他人には見えない……〟

そのとき、別のことを思い出した。

「その次の日……」わたしは切り出した。

イーサンはうなずいて床を見つめた。膝の上に置いた手が落ち着きなく動いている。

「また来たんだ。お父さんは、殺すぞって脅した。喉をつかんだ」

沈黙。その言葉が反響しているように思えた。〝殺すぞって脅した。喉をつかんだ〟。

壁際に追い詰められ、喉をつかまれた記憶がありありと蘇る。

「彼女は悲鳴を上げた」わたしはかすれた声で言った。

「うん」

「わたしがあなたの家に電話したのは、そのときだった」

イーサンはうなずいた。

「そのとき、どうして本当のことを話さなかったの」

「お父さんがいたから。それに、怖かったんだ」イーサンの声はうわずっていた。頬は濡れている。「ほんとのことを話したかったよ。あのひとが帰ったあと、ここに来たよね」

「そうね。来たわ」

「話そうと思ったんだ」

「そうね」

「その次の日、お母さんがボストンから帰ってきた」洟をすする。「あのひとも――ケイティもまた来た。その日の夜に。お母さんのほうが話しやすいだろうと思ったんだろうな」両手で顔を覆い、涙を拭った。

「どうなったの？」

イーサンはすぐには答えなかった。横目でわたしをうかがうようにしていた。警戒するように。

「ほんとに見てないんだね？」

「見てないわ。見えたのはあなたの――わたしが見たのは、彼女が誰かに向かって怒鳴っているところだけ。そのあと……」手を胸もとにやる。「……何かが、ここに……」語尾をのみこむ。「ほかの人は誰も見えなかった」

次に口を開いたとき、イーサンの声はさっきまでより低くて落ち着いていた。「三人で話し合うって言って、リビングルームに行ったんだ。お父さん、お母さん、それにあのひとで。ぼくは自分の部屋にいたけど、話してることは全部聞こえた。お父さんは警察に電話するって言ってた。あのひとは——ぼくの——あのひとは、血のつながった親子なんだから、会う権利があるはずだし、うちの両親に止める権利はないって言ってた。お母さんはあのひとに向かってわめいてた。二度とぼくに会えないようにするからって。そのあと、急に静かになった。リビングルームに下りてみたら、あのひとが——」

イーサンの顔が歪み、喉が詰まったような音がした。胸の奥底からむせび泣きがせり上がってきて、一気にあふれ出す。イーサンは左に目を動かし、身じろぎをした。

「床に倒れてた。お母さんが刺したんだ」今度はイーサンが自分の胸を指さす。「レターオープナーで」

うなずきかけて、わたしは動きを止めた。「待って——誰が刺したの？」

イーサンはむせんだ。「お母さんが」

わたしは愕然《がくぜん》としてイーサンを見つめた。

「ぼくを誰にも」――ひっく――「誰にも渡したくないって」肘を膝につき、両手で額を囲むようにしている。しゃくり上げるたびに、肩が上下した。

〝お母さんが〟。わたしは勘違いしていた。根本的に間違っていた。

「子供がほしいのになかなかできなくて、やっとぼくが……」

わたしは目を閉じた。

「……それに、あのひとのせいでぼくがまた傷つくなんて許せないって」

イーサンがすすり泣く声が聞こえていた。

一分が過ぎた。次の一分も過ぎた。わたしはジェーンのこと、本物のジェーンのことを考えた。母ライオンの本能について、あの谷でわたしを突き動かしたのと同じ本能について、考えた。〝子供がほしいのになかなかできなくて。ぼくがまた傷つくなんて許せないって〟

目を開けると、イーサンの涙はだいぶ治まっていた。いまはもう、全力疾走したあとのように、速い呼吸を繰り返すだけになっている。「ぼくのためにやったんだ。ぼくを守るために」

また一分が過ぎた。

やがてイーサンが咳払いをした。「お父さんとお母さんが、あのひとを――北部にある家に運んで、埋めた」両手を膝に置く。

「いまもそのまま？」わたしは言った。

深くて湿った呼吸。「うん」

「次の日、警察がそのことを訊きに来たわよね」

「あのときはほんと怖かった」イーサンは言った。「ぼくはキッチンにいたけど、リビングルームで話してるのが聞こえた。前の晩の騒ぎを誰かが通報したって言ってた。うちの両親はただ否定した。そのあと、通報したのはあなただってわかって、あなたの証言と、自分たちの——ぼくたちの証言のどっちが信用されるかって話のようだということもわかった。あのひとを見た人はほかに誰もいないから」

「でもデヴィッドが会ってるのよ。彼女はデヴィッドの部屋に……」わたしは頭のなかで日にちを数えた。「四泊してる」

「それがわかったのは、あとになってからだった。あのひとが誰と連絡を取り合ってたか、電話を調べたけど、そのときはわからなかった。わかったあとも、お父さんは、地下室になんか住んでるような人間の話は誰も信じないだろうって。だから、問題はあなた一人だった。お父さんは、あなたは——」そこで口をつぐむ。

「わたしが、何？」

イーサンはごくりと喉を鳴らした。「精神的に不安定だし、大酒飲みだからって」

わたしは答えなかった。雨の音が聞こえた。窓ガラスに一斉射撃を浴びせている。

「そのときは、あなたの家族のことは知らなかった」

目を閉じて、数を数える。1。2。

3で、イーサンがまた口を開いた。こわばった声だった。「たくさんの秘密をたくさんの人から隠してきたんだって気がするよ。でも、もう隠すのはいやだ」

わたしは目を開いた。薄暗いリビングルームのなか、ランプ一つだけの淡い明かりに包まれたイーサンは、天使のように見えた。

「警察に話さなくちゃ」

イーサンは背を丸めて自分の膝を抱いた。すぐにまた体を起こすと、一瞬だけわたしをまっすぐに見つめ、それから目をそらした。

「イーサン」

「わかってる」聞こえるかどうかの小さな声。

そのとき、背後から大きな声が聞こえた。わたしは座ったまま振り返った。パンチだった。首をかしげている。また鳴く。

「あ、来た来た」イーサンはソファの背もたれから手を差し伸べたが、パンチは後ずさった。「あれ、嫌われちゃったみたいだ」がっかりしたようにつぶやく。

「ねえ」わたしは咳払いをして言った。「これはとても、ものすごく重大な話よ。わたしからリトル刑事に電話して、うちに来てもらいましょう。いま聞かせてくれた話をリトルにもして」

「その前に、話してきてもいい？」

わたしは額に皺を寄せた。「誰と？　お父さんや――」

「お母さん。お父さんとも」

「だめよ」わたしは首を振った。「だって――」

「お願い。いいでしょ？　お願いだから」ダムが決壊したような声。

「イーサン、これは――」

「お願い。お願いだよ」まるで悲鳴だった。わたしはイーサンを見つめた。目から涙がぼろぼろこぼれ、肌は赤白のまだらに染まっている。パニックで平静を失いかけていた。気がすむまで泣かせてやったほうがいいだろうか。

けれど、イーサンはすぐにまた話し始めた。涙に濡れた言葉の洪水があふれ出る。「ぼくのためにしたことなんだ」目に涙をいっぱいにためていた。「ぼくのためにしたことなんだよ。なのに――黙って警察に話すなんてできない。ぼくのためにしたことなのに」

わたしは浅く息をしながら言った。「でもね――」

「それに、自首したほうが罪は軽くなるんだよね？」

迷った。たしかに、そのほうがあの二人の利益になる。つまり、イーサンの利益にもなる。ただ――

「あれ以来、二人とも心配で頭がどうかしそうになってるんだ。ほんとにどうかしちゃいそうなんだよ」上唇が濡れていた――汗と、鼻水で。それを手で拭った。「お父さんは、一緒に警察に行こうってお母さんに言ってた。ぼくから話せば聞いてくれるよ」

「どうかしら――」

「聞いてくれるって」力強くうなずき、深々と息を吸いこむ。「あなたと話したって伝えるよ。自分たちで警察に行かないなら、あなたが警察に話すって言ってるって」

「でも、言い切れる……？」お母さんは信用できるって。アリステアはあなたに暴力を振るわないって。二人のどちらもわたしをどうにかしようと考えないって。

「ぼくから話してみるから、それまで待ってもらえない？　ぼくにはできない――いきなり警察を呼んで逮捕させるなんて。そんなことしたら……」自分の手に目を落とす。「そんなことできない。そんなことをしたら、この先……生きていけるかわからない」またいまにも泣きだしそうな声になっていた。「その前に自首するチャンスをあげたいんだ。罪を軽くするチャンスを」話すこともままならないといった様子だ。「だって、ぼくのお母さんなんだから」

ジェーンのことを言っている。

過去の経験はまったく役に立ちそうになかった。ウェスリーのことを考えた。彼ならどんな助言をするだろう。〝自分で考えることだな、フォックス〟

イーサンを家に帰らせていいの？　あの二人のところに帰して大丈夫だと思う？

かといって引き止めれば、この子に一生の後悔を背負わせることになる。それがどれほど苦しいか、わたしは知っている。終わることのない痛み、やむことのない後悔の低いうなり。同じ思いを味わわせたくない。

「わかった」わたしは言った。

イーサンが目をしばたたく。「わかった――？」

「ええ。二人に話してみて」

彼はあんぐりと口を開けた。信じられないといった風に。まもなく衝撃から立ち直ったように言った。「ありがとう」

「ただし、くれぐれも用心してね」

「わかってる」イーサンは立ち上がろうとした。

「どういう風に話すつもり？」

イーサンは座り直し、弱気なため息をついた。「そうだな──たぶん……そのこと、かな。あなたが証拠を持ってるってことを話す」そう言ってうなずく。「本当のことを話すよ。あの夜のことをあなたに話したって。警察に行くべきだってあなたから言われたって」声が震えた。「あなたが警察に連絡する前に」そう言って目をこすった。「あの二人はどうなると思う？」

すぐには口を開かず、どう答えるべきか少し考えた。「そうね……たぶん──警察も事情を理解してくれると思う。嫌がらせに遭って困っていたこと、彼女が──ケイティが事実上、あなたをストーキングしていたこと。それに、おそらくだけれど、養子縁組の際に取り決めた条件に違反する行為を続けてたこと」イーサンはゆっくりとうなずいた。「もう一つ」わたしは付け加えた。「激しく言い争うなかで起きた事件だということも」

イーサンは唇を噛んだ。

「平坦な道のりではないと思うけれど」

彼はうつむいた。「そうだね」ささやくように言う。それからわたしを見た。その目は真剣そのもので、わたしは気圧《けお》された。「ありがとう」

「いえ、わたしは何も……」

「ほんとに」イーサンの喉仏が上下した。「ありがとう」

わたしはうなずいた。「電話は持ってるわね？」

イーサンはコートのポケットを軽く叩いてみせた。「うん」

「何かあったら――いいえ、何もなくても連絡してね。無事だと知らせて」

「わかった」イーサンはもう一度立ち上がった。わたしも立ち上がる。イーサンはドアに向かった。

「イーサン――」

彼が振り向く。

「一つ知りたいの。お父さんのことで」

イーサンはわたしをじっと見つめた。

「お父さんは――夜、この家に来たりしてた？」

イーサンが眉をひそめる。「うん。昨日の夜。でも――」

「違うの。先週の話」

イーサンは答えなかった。

「あなたの家で起きたことね、わたしの想像の産物だと言われたけれど、いまはもう本当に起きたことだとわかったわけでしょう。それに、似顔絵はわたしが自分で描いたと言われたけど、わたしは描いていない。だから、知りたいの。どうしても知りたいのよ、わたしの写真を撮ったのは誰だったのか。だって」——気づくと声が震えていた。「自分で撮ったなんて、どうしても受け入れられないから」

沈黙。

「わからない」イーサンが言った。「だって、仮にお父さんだったとして、どうやってこの家に入ったの？」

その答えはわたしにもわからない。

わたしたちは一緒にドアに向かった。イーサンがノブに手を伸ばしかけたところで、わたしは彼を引き止め、抱き締めた。しっかりと。

「気をつけてね」そうささやいた。

しばらくそのままでいた。雨は窓ガラスを激しく叩き、風がうなりを上げていた。

イーサンはわたしから離れ、悲しげに微笑んだ。それから帰っていった。

94

玄関前の階段を上って鍵を差しこむイーサンを、ブラインドの隙間から見守った。ドアを開ける。次に閉まったとき、イーサンの姿は消えていた。

帰らせて本当によかったのだろうか。リトルに連絡くらいは入れておくべきだったのではないか。アリステアとジェーンに、わたしの家に来てもらうほうがよかったのではないか。

もう遅い。

公園の向こうに見える無人の窓、空っぽの部屋に目を凝らす。あの奥のどこかで、イーサンが両親と話をしている。二人の世界にクローハンマーを振り下ろそうとしているのだ。オリヴィアが生きていたころ、毎日感じていたのと同じことを感じた――お願いだから無事に帰ってきて。

子供相手の仕事をしてきて一つ学んだことがあるとするなら、長年の経験をたった一つの事実に集約できるとするなら――子供には驚くべき回復力が備わっているということだ。ネグレクトに耐え抜くことができる。虐待に打ち勝つことができる。おとなならくじけてしまいそうな苦難に耐え抜き、それを糧にいっそう強く成長することさえできる。全力でイーサンの無事を祈った。あの子には、子供にしかないあの強さがいまこそ必要だ。この試練を乗り越えなくてはならない。

それにしても、なんと意外な話――なんと不幸な真相だろう。わたしは身震いしながらリビングルームに戻ってランプを消した。かわいそうなあのひと。かわいそうなあの子。ジェーンだったとは。アリステアではなく、ジェーンだったとは。

涙があふれた。頬に触れると、指先が濡れた。不思議な気持ちでそれを見つめる。それから、ローブで手を拭った。

まぶたが重たくなる。寝室に向かった。そこで心配し、待つ。


窓際に立って公園の向こうの家を眺めた。人の気配はどこにもない。

親指の爪を嚙む。やがて血がにじむ。

部屋を歩き回る。カーペットを踏んでぐるぐる歩き続ける。

電話をチェックする。三十分が過ぎていた。

気をまぎらわしたい。神経をなだめたい。何かよく知っているもの。心を落ち着かせてくれるもの。

『疑惑の影』。ソーントン・ワイルダー脚本。ヒッチコックが自作中で一番気に入っていた映画。天真爛漫《らんまん》な若きヒロインは、憧れの人物に裏の顔があったことを知る。〝毎日がなんとなく過ぎていくだけ〟――ヒロインはそう嘆く。〝同じことの繰り返し。食べて、眠る。それだけよ。会話らしい会話さえない〟。その単調な生活は、チャーリー叔父の予期せぬ訪問によって一変する。

個人的な好みを率直に言わせてもらえば、ヒロインはあまりに察しが悪すぎる。血のにじむ親指をしゃぶりながら、ノートパソコンで見た。しばらくしてパンチがやってきて、ベッドに飛び乗り、わたしの横にもぐりこんだ。怪我をした足を触ると、しゃあと威嚇された。

映画のストーリーが緊迫感を増すのと同時進行で、わたしの内側でも何かが張り詰めていく。漠とした不安のような何か。公園の向こうの家では何が起きているだろう。

電話が震え、枕の上をぶるぶる震えながら這ってくる。わたしはそれをつかまえた。

〈これから警察〉

11：33pm。いつのまにか眠りこんでいたらしい。

ベッドから出て、カーテンを片側に寄せた。雨がガラスを激しく叩いていた。銃弾のような粒を浴びせながら、窓を水たまりに変えていく。

公園の向こう、雨ににじんだ家は、真っ暗だ。

「きみが知らないことがたくさんある。ありすぎる」

背後で、映画の再生が続いている。

「きみは夢のなかで生きている」チャーリー叔父が嘲《あざけ》る。「夢遊病者だ。何も見えていない。その状態で世の中が見えるわけがない。きみは知らないだろうが、家々の壁を取り払ったら、そこにいるのはつまらない人間ばかりだ。頭を使うんだな。利口になれ」

窓から射す光をたどって、バスルームに行った。眠りに戻るのを助けてくれそうなもの——メラトニンがいい。今夜は自力では眠れそうにない。

一錠のむ。画面では、人が線路に落ち、列車が悲鳴を上げ、エンドクレジットが流れる。


「だーれだ」

今回はエドを追い払えない。眠っているからだ。ただし、眠っているという認識がある。明晰夢か。

それでも、抵抗はする。「放っておいて、エド」

「いいじゃないか。話をしよう」

「いやよ」

姿は見えない。何も見えない。待って――気配はある。影は見える。

「話をすべきだと思うよ」

「やめて。消えて」

暗闇。静寂。

「何か腑に落ちないところがある」

「いいからやめて」でも、エドの言うとおりだ。何かがおかしい。心の片隅で、まだ何かがもぞもぞしていた。

「しかし、あのアリステアってやつ。今週のいかれポンチ賞ってところだな」

「その話はしたくない」

「そうだ、忘れるところだった。リヴィが何か訊きたいことがあるらしいよ」

「やめて」

「一つだけ」白い歯のきらめき。弧を描く唇。「簡単な質問だ」

「やめて」

「ほら、言ってごらん、パンプキン。マミーに訊いてごらん」

「ねえ、やめてってて――」

でも、オリヴィアはもうわたしの耳もとに口を近づけていて、短くて熱い言葉をわたしの頭に吹きこむ。秘密を分かち合うとき特有の、あのささやくようなかすれ声。

「パンチの足の具合はどう？」

目が覚めた。頭から水をかけられたみたいに、一瞬で。まぶたがぱっと開く。ひとすじの光が、背骨のように天井の真ん中を走っていた。

ベッドから下りて窓際に行き、カーテンを全開にした。寝室が灰色に染まる。窓の向こう、雨の向こうに、ラッセル家が邪悪な空を背負うようにしてそびえていた。その空を稲光がジグザグに切り裂く。不吉な雷鳴がそれに続いた。

ベッドに戻る。もぐりこむと、パンチが小さく不満を漏らした。

〝パンチの足の具合はどう？〟

それだ。心につかえていたものはそれだ。

おととい、イーサンが来たとき、パンチはソファの背もたれの上に寝そべっていたのに、イーサンを見るなり床に下りてソファの下に隠れた。目を細め、そのシーンをあらゆるアングルから再生してみた。やはりそうだ。イーサンはパンチの怪我をした足を見ていない。見えたはずがない。

それとも、見えたのだろうか。手でパンチを探し、そっと尻尾を掌で包む。パンチが体をすり寄せる。電話で時刻を確かめた。01：10am。

デジタルの光が視界を白く飛ばしている。いったん目を閉じた。それから天井を見上げた。

「どうして足の怪我のことを知ってたのかしらね」わたしは暗闇で猫に話しかける。

「夜、この家に来てたからだよ」イーサンが答えた。

11月15日　月曜日

95

驚いて、わたしは飛び上がった。顔を入口のほうに向ける。

稲妻が閃いて部屋を真っ白に照らす。ドア枠にもたれて、イーサンが立っていた。髪は雨に濡れて輝き、首もとにマフラーがゆるく巻きつけてあった。

言葉がおぼつかなかった。「家に――家に帰ったと思ってた」

「帰ったよ」イーサンの声は、小さくてもはっきりと聞き取れた。「おやすみを言った。あの二人がベッドに入るのを待った」唇の端が持ち上がって小さな笑みを作る。「そのあと、またここに来た。この家にはよく来てるんだよね」そう付け加えた。

「え？」どういうことなのか、すぐにはのみこめない。

「正直に言わせてもらうとさ」イーサンは言った。「いろんな精神分析医に会ったけど、ぼくをパーソナリティ障害って診断しないのはあんたが初めてだよ」眉を吊り上げる。

「世界一の精神分析医ってわけじゃなさそうだな」

わたしは口を閉じた。またゆっくりと開ける。壊れたドアのようだ。

「でも、あんたには興味を引かれる」イーサンが続ける。「本当だよ。だから何度も来たんだ。来ちゃまずいってわかってたけどね。年食った女に興味を引かれちゃうんだ」軽く眉をひそめる。「あっと、年食ったとか言っちゃ失礼だった？」

わたしは動けなかった。

「悪口だと思わないでほしいな」ため息。「お父さんの上司の奥さんも、やっぱり興味をそそる人だった。ジェニファー。好きだった。向こうもそれなりの好意を持ってくれた。ただ……」痩せた体を起こし、ドア枠の反対側にもたれた。「ちょっと……誤解があった。こっちに引っ越してくるちょっと前にね。ぼくはその上司の家に行った。夜に。ジェニファーに迷惑がられた。迷惑だって言われた」イーサンの目に怒りが忍びこんだ。「わかってやってたくせにさ」

ここで初めてイーサンの手が見えた。銀色の物体がぎらりと光った。

ナイフだ。レターオープナー。

イーサンの目がわたしの顔から自分の手に動き、またわたしの顔に戻った。息ができなくなった。

「これ、ケイティに使ったやつ」楽しげな声だった。「うるさくつきまとってきたから。ぼくにかまうなって言ったのに。何度も言ったよ。うんざりするほど何回も。なのに……」首を振った。「まとわりついてきた」洟をすする。「あんたとちょっと似てる」

「でも」わたしはしわがれた声で言った。「今夜──さっき、あなたは……」声が乾き、途切れた。

「何？」

唇を舐めた。「あなたはこう話したわよね──」

「話したのはさ──こう言うと言葉は乱暴だけど、あんたを黙らせるためだ。ひどい言い方だとは思うよ。あんた、ほんとにいい人だから。だけど、口を閉じておいてもらう必要があったんだ。いろんな準備が整うまで」ぎこちなく身じろぎをする。「だって、警察に電話するって言いだしただろ。いきなり電話されると困るんだよ──わかるよね。あれこれ準備が必要だったんだ」

視界の隅で何かが動いた──パンチだ。ベッドの上で悠々と伸びをしている。そこでイーサンに気づいて、鋭く鳴いた。

「そこのクソ猫」イーサンが言った。「子供のころ大好きな映画だった。『あのクソ猫！』（邦題『シャム猫ＦＢＩ／ニャンタッチャブル』）」イーサンはパンチに向かってにやりとした。「ところで、ぼくが足を折っちゃったみたいだ。ごめんな」そう言いながらレターオープナーをベッドに向けて振る。刃がぎらりと光った。「夜、家のどこに行ってもくっついてくるから、ちょっといらいらしてさ。それに、ほら、猫アレルギーだし。くしゃみでもして、あんたが起きてきたりしたら面倒だから。今夜はついに起こしちゃったみたいだけど」

「夜、来てたの？」

イーサンは一歩こちらに近づいた。灰色の光のなか、刃が液体のように輝く。「ほとんど毎晩来てたよ」

わたしは息をのんだ。「どうやって？」

イーサンがまたにやりと笑った。「鍵を盗んだ。あの日、あんたが電話番号を書いてるあいだに。初めて来たとき、フックにぶら下がってるのは見てた。なくなってもあんたは気づかないんだなってあとで思った。自分じゃ使わないものな。コピーを作って、また返しておいた」またにやりとする。「簡単だった」

低い笑い声が漏れ、イーサンは空いたほうの手で口を覆った。「ごめん。ただ——今夜、電話をもらったとき、全部ばれたんだと思って焦りまくったから。うわあ、どうしようってパニックになった。あのときもポケットに隠してたんだよ、これ」レターオープナーをまた振ってみせる。「万が一に備えて。時間稼ぎしなくちゃって必死だった。けど、あんたはぼくの話をあっさり信じた。〝ぼくのパパ、かっとなると怖いんだ〟〝ぼく、怖いよ〟〝うちでは電話も持たせてもらえないんだ〟。あんた、舌なめずりしてたよね。さっきも言ったけど、超一流の精神分析医ってわけじゃなさそうだ。

ああ、そうだ！」イーサンはふいに大きな声を出した。「いいことを思いついた。ぼくを分析してみてよ。子供のころの話、聞きたいだろ？　どの医者もかならず子供時代のことを知りたがる」

わたしは声もなくうなずいた。

「きっと気に入ると思うよ。精神分析医の夢みたいな話だから。ケイティは」――イーサンはその名前を文字どおり吐き捨てた。「麻薬依存だった。コカインが手に入れば誰とでも寝た。あとはヘロイン。ヘロインのためなら何だってやった。ぼくの父親がどこの誰か、それさえ一度も教えてくれなかった。そもそも子供なんか産んじゃいけない人間だったんだよな」

レターオープナーに目を落とす。「ぼくが一歳のとき、ドラッグを始めた。いまの両親からはそう聞いてる。ぼくはほとんど何も覚えてない。引き取られたのは五歳のときだった。ただ、腹をすかしてばかりいたことは覚えてる。注射がらみのこともなんとなく覚えてる。あの女がとっかえひっかえ寝てた相手から、おもしろ半分に暴力を振るわれてたことも」

沈黙。

「血のつながった父親なら、そんなことするわけないよね」

わたしは黙っていた。

「あの女の友達が過剰摂取で死ぬところも見た。目の前で死んだんだよ。それが一番古い記憶だ。四歳のときだった」

また沈黙が流れた。イーサンが小さくため息をついた。

「ぼくは悪いことを覚えた。あの女はぼくを助けようとした。止めようとしたのかな。だけど、ドラッグ漬けでどうにもならなかった。そのあと、ぼくは里親のところで暮らすようになって、最終的にいまのお母さんやお父さんに引き取られた」肩をすくめる。「あの二人は……よくしてくれたよ。ぼくのためなら何だってしてくれた」また一つため息。

「ぼくはトラブルばかり起こす。だから学校には通わないことになった。それにぼくがジェニファーに近づこうとしたせいで、お父さんは会社を首になった。ものすごく怒ってた。でもまあ……」イーサンは眉をひそめた。「運が悪かったねとしか言えないな」

ふたたび稲妻が閃いて部屋を白く染めた。低い雷鳴がそれに続く。

「まあいいや。ケイティの話に戻すと」イーサンの視線は窓の外、公園の向こうを見つめていた。「前にも話したとおり、ケイティはボストンの家に押しかけてきたけど、そのときはお母さんが出て、追い返した。そのあとニューヨークの家も見つけて、ある日突然やってきた。今度はぼく一人のときだった。ぼくの写真が入ったロケットを見せられたよ。興味が湧いたから、話をした。とくに知りたかったのは、本当の父親のことだ」

彼の目が動いて、わたしを見つめる。「想像できる？　父親もやっぱり母親と同じくらいだめな人間なのかなって考える気持ち。父親はまともでありますようにって願う気持ち。なのにあの女は、そんな話はどうでもいいって言った。アルバムにも父親の写真は一枚もなかったよ。写真のアルバムはほんとに持ってきたんだ。ぼくは嘘をついてない。

いや……」ばつの悪そうな表情が浮かぶ。「まったく嘘をついてないわけじゃないな。あんたが悲鳴を聞いたって日。ぼくがあの女の首を絞めたんだ。殺そうと思ったわけじゃないよ。あの女にうんざりして、追い払いたかっただけだ。なのに、ものすごく騒いだ。ぜんぜん黙らない。それでお父さんはあの女が来てることに初めて気づいて、わめき散らした。〝出ていけ、この子が取り返しのつかないことをしでかす前に〟。そこであんたから電話が来て、ぼくはすっかり怯えてる芝居をするはめになった。そのあとあんたからまた電話があって、今度はお父さんが何事もなかった芝居をした……」イーサンは首を振った。「それでもあの女は、次の日も来た。

こっちはもう飽きてた。完全にうんざりしてたんだよ。写真なんか見たくなかった。ヨットの操縦を習ったとか、手話の教室に通ってるとか、そんな話もどうだってよかった。それに、さっきも言ったけど、本当の父親のことはひとことも話そうとしない。話せなかったんだろうな。自分でも何も知らなかったんだよ、きっと」軽蔑するように鼻を鳴らす。「ともかく、また押しかけてきた。ぼくは自分の部屋にいて、お父さんと言い合いをしてる声が聞こえた。もう我慢できなかった。消えてもらいたかった。お涙ちょうだいの話なんか聞きたくなかったし、ぼくにしてきたことが許せなかったし、実の父親が誰なのか教えないあの女がいやでたまらなかった。ぼくの人生から追い払いたかった。だから、机からこれを出して」――レターオープナーを軽く持ち上げる――「下に行って、部屋に入って、こいつを……」レターオープナーを振り下ろす。「あっという間だった。叫び声一つ上げなかったよ」

ほんの数時間前にイーサンから聞いた話を思い出す。ジェーンがケイティを刺したのだと言ったあのとき、彼の目は左に動いた。

いま、イーサンの目はきらきら輝いていた。「痛快って言うの？　いい気分だった。あんたに見られてなくてラッキーだったな。少なくとも、その瞬間を見たわけじゃない」わたしをにらみつける。「だけど、見なくていいものを見たよね」

ゆっくりと一歩、ベッドに近づく。もう一歩。

「お母さんは何も知らない。まったく知らない。そもそもその場にいなかった——帰ってきたのは次の日の朝だった。お母さんには言うなってお父さんから口止めされた。お母さんを守りたいんだ。ちょっとかわいそうだって気もするな。相手は自分が結婚してる相手だろ。隠すにはあまりにも大きな秘密だよね」また一歩踏み出す。「お母さんはいまも、あんたの頭がおかしいだけだって思ってる」

もう一歩。イーサンはすぐとなりに立った。レターオープナーの切っ先は、わたしの喉に向けられていた。

「で？」イーサンが言った。

わたしは怯えた声を漏らした。

するとイーサンはマットレスの縁に腰を下ろした。腰がわたしの膝に触れた。「分析してよ」首をかしげる。「ぼくを治してよ」

わたしは尻込みした。無理だ。わたしにはできない。

〝できるよ、マミー〟

無理。無理よ。もうおしまいだ。

〝あきらめちゃだめだ、アナ〟

だって、この子は武器を持ってるのよ。

〝きみには頭脳という武器があるだろう〟

わかった。わかったわよ。
1、2、3、4。
「自覚はあるんだ」イーサンは静かな声、優しく励ますような声で言った。「それって治療の役に立つ？」

サイコパス。表面的な魅力、不安定な人格、平坦な情動。手に握られたレターオープナー。

「あなたは――小さいころから動物を傷つけてきた」声が震えだしそうになるのをこらえて、わたしは言った。

「当たりだよ。でも、そんなの簡単だ。パンチに、切り刻んだネズミをやったな。うちの地下室で見つけたんだ。この街は不潔だよね」イーサンはレターオープナーに目をやった。またわたしを見る。「ほかには？　どうしたんだよ。さすがにそれが限界ってことはないよな」

わたしは大きく息を吸いこみ、また一つ当て推量を口にする。「他人を操って愉快がる」

「まあ、そうだね。それは……そうだね」首の後ろを掻く。「楽しいよ。簡単だし。あんたなんか、ほんと楽勝だった」そう言ってウィンクする。

腕に何かが軽くぶつかった。わたしはそこに一瞬だけ目をやった。電話が枕からすべり落ちて、肘にぶつかって止まっていた。

「ジェニファーのときはぐいぐい行きすぎた」記憶をたどるような表情だ。「だから向こうが——ともかく、ちょっとやりすぎたんだよな。もっと時間をかけるべきだった」レターオープナーをももに当てて、研ぐように前後に動かす。刃がデニム地をこする音がかすかに聞こえた。「それもあって、今回は目的を悟られないようにしたかった。友達が恋しいって言ったのは、だからだ。ゲイかもしれないってふりをしたのも。会うたびに泣いてばかりいたのもね。どれもこれも、同情を引いて油断してもらうための……」語尾が曖昧に消えた。「それにもう一つ、さっきも言ったけど、あんたには飽きなかったっていうのかな」

わたしはまぶたを閉じた。目をつむっていても、そこにスポットライトが当たっているかのように、電話をありありと思い描くことができた。

「そうだ——窓際で服を脱いだの、気がついた？　何度かやったんだ。一度は見てたよね」

ごくりと唾をのむ。それから、肘をそろそろと枕のほうにすべらせた。二の腕に張りついて、電話が一緒に引きずられる。

「ほかには何があったっけ。父親問題とか？」イーサンはまたしてもにやりとした。「父親の話もしたよね。アリステアじゃなく、本当の父親の話だ。アリステアはただの情けない中年オヤジだから」

冷たくてつるりとした電話の画面が手首に触れた。「あなたは他人……」

「え？」

「他人との境界線を無神経に踏み越える」

「まあね、その結果、いまこうしてここにいるわけだ」

わたしはうなずいた。親指で画面をなぞる。

「言ったろ。あんたに興味があるんだ。すぐ先の家のおしゃべりばばあからあんたの話を聞いた。もちろん、全部あのばばあから聞いたわけじゃないよ。そこからは自分で調べた。その一環でキャンドルを持ってきたんだ。うちのお母さんは何も知らない。話したら止められてただろうし」そこで言葉を切って、わたしをしげしげと眺めた。「昔は美人だったんだろうな」

レターオープナーをわたしの顔に近づける。頬のすぐそばに刃をすべらせ、そこに落ちかかっていた一筋の髪を払った。わたしはぎくりとし、小さな悲鳴を上げた。

「おしゃべりばばあから、あんたはずっと家にこもったきりだって聞いた。そこに興味を引かれた。家から一歩も出ない変わり者の女。頭のおかしい女」

わたしは電話を握った。スワイプして、パスコード入力画面に切り替え、指の感触だけで数字をタップするつもりだった。同じ数字を何度も入力してきたのだ。暗闇でもやれる。

イーサンがすぐとなりに座っていたってできる。

「ぜひ知り合いにならなくちゃと思った」

いまだ。電話のボタンを探り、押す。咳をして音をごまかした。

「うちの両親は――」イーサンは何か言いかけたところで窓のほうに顔を向け、口をつぐんだ。

わたしもつられて同じほうを向いた。彼の目に映っているものが見えた――電話の画面のほのかな明かりが窓ガラスに反射していた。

イーサンが息をのむ。わたしも息をのんだ。

彼の顔を見る。イーサンもわたしの顔を見る。

それから、にやりと笑った。「なーんてね」レターオープナーで電話を指す。「パスコードを変えておいた。あんたが目を覚ます前に。そこまで馬鹿じゃない。使える電話がすぐそこにあるってわかってて、放っておくわけないだろう」

息ができない。

「ちなみに、図書室の子機はバッテリーを抜いてあるから」

全身の血が流れを止めた。

イーサンはドアのほうを指さした。「ともかく、この二週間くらい、夜になるとここに来て、家中を歩き回ったり、あんたの寝顔を眺めたりした。ここはいいよね。静かで、暗くて」思い出にふけるような声だった。「それに、あんたの暮らしぶりに興味がある。リサーチをしてるみたいな気分だった。ドキュメンタリーを作ってるみたいな。そうそう」――にっこりと笑う――「その電話であんたの写真まで撮ったりした」しかめ面。「あれはやりすぎだった？　自分ではちょっとやりすぎたかなと思ってる。ああ、それより――どうやって電話のロックを解除したか、訊いてよ」

わたしは黙っていた。

「訊けよ」これは脅しだ。

「どうやってロックを解除したの」わたしは小声で言った。

イーサンは大きな笑みを作った。ものすごく利口なことを言おうとしている子供みたいな笑顔だ。「あんたが自分でパスコードを教えてくれたんじゃないか」

わたしは首を振った。「そんなことしてない」

イーサンはあきれた顔で目をむいた。「まあ、そうだね――ぼくには教えてない」そう言ってこちらに身を乗り出した。「モンタナ州の死にぞこないのビッチに教えたろ」

「リジーのこと？」

イーサンがうなずく。

「まさか――盗み読みしてたの？」

彼は深々とため息をついた。「ふう、そこまでおつむが弱いとはね。ところで、ぼくは障害を持った子供に水泳を教えたりしてないよ。そんなことするくらいなら、死んだほうがましだ。いいか、アナ。ぼくがリジーなんだよ」

わたしはあんぐりと口を開けた。

「リジーだったと言うべきか」イーサンが続けた。「このところ毎日のように外出してるからね。もう治ったんじゃないの。息子たちのおかげだ――なんて名前だっけ」

「ボーとウィリアム」わたしは反射的に答えた。

イーサンはまた含み笑いをした。「びっくりだな。そんなこと、よく覚えてたね」さらに身を乗り出して顔を近づける。「ボー、か。その場ででっち上げた名前だよ」

わたしはただ彼を見つめた。

「初めてこの家に来た日だ。ノートパソコンに、変人が集まるサイトが表示されてた。家に帰ってすぐ新規アカウントを作った。おかげで孤独な負け犬の知り合いが大勢できた。DiscoMickeyとかさ」イーサンは首を振った。「いかにもダメ男って感じだ。でも、あんたに取り次いでくれた。突然、メッセージを送りつけるのは避けたかったからね。そんなことしたら――さすがに疑われる。

まあいいや。で、あんたはリジーに、安全で覚えやすいパスワードの作り方を教えた。アルファベットを数字に置き換えるとか。NASAしか知らない秘密みたいな口ぶりだったな」

わたしは唾をのみくだそうとした。できない。

「あとは、身近な人の誕生日を使うとか――あんたがそう言ったんだ。娘はバレンタインデー生まれだって話をぼくにしただろ。0-2-1-4。それで電話のロックを解除して、いびきをかいて寝てる写真を撮った。そのあと、パスコードを変更しておいた。困らせてやったら楽しいかと思ってさ」そう言って人差し指を立てて横に振った。

「そのあと一つ下の階に下りて、デスクトップパソコンを使わせてもらった」こちらに顔を寄せ、ゆっくりと話す。「考えるまでもなく、パスワードは娘の名前、Oliviaだった。

パソコン自体も、メールアカウントも同じパスワードだ。もちろん、アルファベットは数字に置き換えてあった。リジーに教えたとおり」イーサンは首を振った。「いったいどこまで馬鹿なんだよ？」

わたしは黙っていた。

イーサンがにらみつける。「いまのは質問だ。いったいどこまで——」

「すごく」わたしは言った。

「すごく何だよ？」

「すごく馬鹿」

「誰が」

「わたしが」

「救いようのない馬鹿だ」

「そうね」

イーサンはうなずいた。雨が窓ガラスを勢いよく叩いている。

「で、新しいＧｍａｉｌアカウントを作った。あんたのパソコンで。リジーにしゃべっただろ、家族と話すときはいつも〝だーれだ〟って呼びかけるって。逃すには惜しいネタだ。だーれだ、アナ？」おかしそうに笑う。「そのアカウントから写真をメールで送った。受け取ったときの顔が見たかったよ」また低く笑った。

部屋から空気がなくなったかのようだった。息苦しい。

「アカウント名にお母さんの名前を使わない手はない。見たとき、わくわくしただろう？」にたりと笑う。「リジーにしゃべったことは、それだけじゃないよな」またこちらに身を乗り出す。レターオープナーの先はわたしの胸に向けられていた。「浮気したんだって？　不潔だ。しかも家族を殺した」

声が出ない。もう何も残っていない。

「それに、ケイティのことでさんざん騒ぎ立てた。あんなに騒いで、さすがに異常だと思ったよ。あんたは異常だ。まあ、わからないでもないけどさ。目の前であんなことが起きて、うちのお父さんだって異常なくらい動揺したからね。だけど、あの女がいなくなって、実はほっとしたんじゃないかと思う。ぼくはせいせいした。あの女にはマジでうんざりしてたから」

イーサンはベッドの頭の側にお尻をずらし、わたしのすぐそばに座り直した。「ちょっと場所を空けてよ」わたしは膝を曲げて、イーサンのももに押し当てた。「窓を確認しておくべきだったな。でもあっという間のできごとだったから。それに、何もなかったことにするのは簡単だった。嘘をつくよりよほど簡単だ。本当のことを話すより」首を振る。

「まあね、お父さんには悪いことをしたかなって思う。ぼくを守ろうとしてくれたんだから」

「あなたのお父さんは、あなたをわたしから守ろうとした」わたしは言った。「真相を知っていたのに――」

「違うよ」イーサンは平板な声で言った。「あんたをぼくから守ろうとしたんだ」

〃息子をおとなの女に近づけたくない〃――アリステアはそう言った。あれはイーサンではなく、わたしのためを思ってのことだったのだ。

「けどさ、他人に何ができるって話だろ？　ぼくは生まれつきの悪人だから治療のしようがないって言った精神分析医もいたよ」また肩をすくめる。「いいよ、クソつまんない治療なんかしてくれなくてけっこうだから」

怒り、荒れた言葉づかい――衝動を抑えきれなくなりかけている。わたしのこめかみに血が上った。集中して。記憶を働かせて。考えて。

「それにさ、警察にもちょっと同情しちゃうよな。男のほうの刑事なんか、ものすごく根気よくあんたの相手してたし。ありゃ聖人だよ」洟をすする。「もう一人は意地悪そうな感じだったけど」

わたしはもうほとんど聞いていなかった。「お母さんのことを話して」小さな声で言った。

イーサンがこちらを見た。「え？」

「お母さんのこと」わたしはうなずきながら言った。「お母さんのことを教えて」

短い間。窓の外で雷鳴が鈍く轟く。

「たとえば……どんなこと？」警戒するように訊く。

わたしは咳払いをした。「歴代のボーイフレンドから虐待を受けたと言ったわね」

イーサンが悪意のこもった目を向ける。「ぼこぼこにやられたって言ったんだ」

「そうね。何度もやられたんでしょう」

「そうだよ」まだこちらをにらみつけている。「だから何？」

「自分は生まれつきの悪人だと思うって言った」

「別の精神分析医に言われたって言ったんだよ」

「わたしはそうは思わない。あなたが生まれつきの悪人だとは思わないわ」

イーサンは首をかしげた。「そうかな」

「思わないわ」わたしは落ち着いて呼吸を繰り返そうと努めた。「生まれたときから邪悪な人なんていないと思うの」体を起こして枕に体重を預け、シーツのもものあたりに寄った皺を伸ばした。「少なくともあなたは違う」

「そうかな」レターオープナーを握り締めていた彼の手がゆるむのがわかった。

「子供のころ、いろんなことが起きた。いろんなことを……見てしまった。あなたには変えることのできないことがいろいろあった」わたしの声は力強さを取り戻し始めていた。

「でも、あなたは耐え抜いた」

イーサンの体がぴくりと動いた。

「ケイティは決してよい母親ではなかった。その点はあなたの言うとおりだわ」イーサンがごくりと唾をのみこむ。わたしものみこむ。「いまのご両親に引き取られたとき、あなたは心に深い傷を負っていたでしょうね。それにおそらく……」これを言うと、かえって危険だろうか。「わたしが思うに、ご両親はあなたを心から愛してくれているのよ。完璧なお父さん、お母さんではないかもしれないけれど」

イーサンはわたしの目をまっすぐに見た。表情がほんのわずかに揺らいでいた。

「ぼくを怖がってる」

わたしはうなずいた。「自分でもさっき言ってたわね。アリステアがあなたを――わたしとあなたを会わせないようにしたのは、わたしを守るためだって」

イーサンは動かない。

「だけど、あなたのことも心配だったんじゃないかと思うの。あなたのことも守ろうとしたんだと思う」わたしは手を差し伸べた。「あなたを実のお母さんから引き離した時点で、ご両親はあなたを救ってくれたのよ」

イーサンはわたしをじっと見ていた。

「二人ともあなたを愛してる」わたしは言った。「あなたには愛される資格がある。わたしと一緒に二人と話をしてみましょうよ。きっと――かならず――あなたを守るためにできるかぎりの手を尽くしてくれるわ。二人とも。お父さんもお母さんも、あなたと……心を通わせたいと思ってるはず」

わたしはイーサンの肩に手を伸ばした。そこでためらった。

「子供のころに起きたことは、あなたの責任ではないの」ささやくように言った。「それに――」

「うるさいな、もう聞きたくない」イーサンは、わたしの手が肩に触れる前に、さっと体を引いた。わたしは手を引っこめた。

彼の心をつかみそこねた。血の気が引いて、頭が真っ白になる。口は渇ききっていた。

イーサンは顔を近づけてわたしの目をまっすぐにのぞきこんだ。大きく見開かれた目は真剣だった。「ぼくは何のにおいがする?」

わたしは首を振った。

「いいから。嗅いでみろよ。どんなにおいがする?」

大きく息を吸いこむ。初めて会った日、キャンドルの香りを胸に吸いこんだ瞬間を連想した。ラベンダーの香り。

「雨」わたしは答えた。

「それから?」

やめて。「香水」

「ロマンスだよ。ラルフ・ローレンのロマンス」イーサンは言った。「ロマンチックに送ってやろうと思ってさ」

わたしはまた首を振った。

「いいじゃないか、もう決めたんだ。迷ってるのは」イーサンは考えこむような顔で続けた。「階段から転落するか、薬の過剰摂取にするか。あんたはこのところずっと落ちこんでた。それに、コーヒーテーブルにものすごい数の薬を広げてるしね。だけど、いつも酔っ払って足もとが怪しいから、ほら、階段を踏みはずしたりもしそうだろ」

現実に起きていることとはとても信じられない。わたしはパンチを見た。長々と伸びて眠っている。

「さみしくなるな。そう思うのはぼく一人だろうけど。何日も誰にも気づいてもらえないだろうし、見つかったところで誰も悲しまない」

　わたしはシーツの下で膝を胸に引き寄せた。

「あんたの主治医は悲しむかもしれないけど、その人だってあんたにはうんざりしてるだろ。リジーに言ったね。その主治医は、あんたの広場恐怖症の治療だけじゃなくて、罪悪感のほうも何とかしてやらなくちゃいけないんだ。同情するよ。その人も聖人に認定する」

　わたしは固く目を閉じた。

「ぼくが話してるときはこっちを見ろよ、ビッチ」

次の瞬間、ありったけの力をこめて蹴った。

96

　わたしの足は彼のお腹にめりこんだ。イーサンが体を二つに折る。わたしはまた足を引き、もう一度蹴った。今度は顔だ。かかとが鼻に当たって、ばきりといやな音がした。イーサンが床に倒れこむ。

シーツを剝ぎ、ベッドから飛び出し、ドアを抜けて、真っ暗な廊下を走る。

雨が頭上の天窓を激しく叩いている。階段マットに足を取られ、床に膝をついた。片方の腕を振り回して、手すりをつかむ。

頭上で稲妻がはじけ、ふいに階段室に白い光があふれた。その一瞬に、手すりの柱の隙間から見えた——螺旋《らせん》を描きながら、ダウン、ダウン、ダウン、一階まで続いている階段の一段、一段が照らし出されていた。

ダウン、ダウン、ダウン。

目をしばたたく。階段はふたたび闇に沈んでいる。何も見えない。何も感じ取れない。あるのは、屋根や窓を打つ雨音だけだった。

立ち上がり、飛ぶように階段を下りる。外で雷鳴が轟く。それを追いかけるように——「このばばあ！」イーサンがよろめきながら踊り場に出てきたのがわかった。涙で濡れたような声だった。「クソばばあ！」彼が飛びついたのだろう、手すりが軋んだ。

キッチンに行こう。目指すはカッターナイフだ。ケースから出したまま、まだキッチンテーブルに置きっぱなしになっているはずだ。あるいは、ガラスの破片。リサイクル用くず入れに山とあるガラス片。あるいは、インターフォンの操作盤。

あるいは、玄関。

「外に出られるか?」エドがささやいた。

出るしかない。それより話しかけてこないで。

「キッチンで追いつかれるぞ。外に出る前に追いつかれる。それにもし出られたとしても……」

一つ下の階の踊り場で、コンパスの針のようにくるりと一回転して、方位を見定める。四つのドアがわたしを囲んでいた。書斎。図書室。納戸。バスルーム。

「どれか選べ」

待って――

「一つ選べって」

バスルームにしよう。〝聖なる水の氾濫〟のバスルーム。ノブをつかみ、ドアを引き開け、入る。入ってすぐのところで向きを変え、弾む息を殺して――

――イーサンが来た。階段を駆け下りてくる。わたしは息を止めた。

もう踊り場にいる。二メートルと離れていないところに立っている。空気が動くのが感じ取れる。

太鼓を叩くような雨音だけが響く。汗の粒が背中を伝い落ちた。

「アナ」低くて冷たい声。わたしはおののいた。

ドア枠がもげ落ちそうなくらい強くつかみ、闇に包まれた踊り場のほうをのぞく。

おぼろな人影が見えた。影のなかの、ひときわ濃い影。それでも肩の輪郭や、闇に白く浮かんだ両手は見分けられた。こちらに背を向けている。レターオープナーが左右どちらの手にあるのかはわからない。

イーサンがゆっくりと向きを変える。横顔が見えた。図書室のドアのほうを向いている。前を見据えたまま動かない。

次の瞬間、さっきよりすばやく向きを変えた。わたしがバスルームの奥に退却する間もなく、イーサンはまっすぐわたしを見つめていた。

わたしは動かなかった。動けなかった。

「アナ」ささやくような声。

わたしの唇が開く。心臓が破裂しかける。

わたしたちは正面から見つめ合った。わたしは悲鳴をこらえきれなくなった。

と、イーサンがくるりと向きを変えた。

わたしが見えたわけではなかったらしい。暗闇に慣れていないのだろう。でも、わたしは慣れている。薄暗がりにも。真っ暗闇にも。わたしには彼が――

イーサンは階段の下り口に戻っていった。一方の手に持ったレターオープナーが光を放つ。もう一方の手はポケットのなかだ。

「アナ」彼が呼ぶ。ポケットから手を出して、目の前に持ち上げている。掌が発光したように見えた。携帯電話だ。懐中電灯代わりに使う気だ。

ドアの影にいても、階段一帯がぱっと明るくなるのが見えた。壁が真っ白に輝く。すぐ近くで雷鳴が聞こえた。

イーサンはまたその場で向きを変えた。灯台のライトのように、光の筋が踊り場の周囲を舐める。まずは納戸のドア。イーサンはそこに近づいてドアを開けた。電話の光を内側に向ける。

次に書斎。なかに入り、電話の光で部屋をなぞる。わたしはその背中を注視し、隙を見て階段を駆け下りようと身構えた。ダウン、ダウン、ダウン。

「だめだ、追いつかれる」

ほかに出口がないのよ。

「いや、ある」

どこに？

「アップ、アップ、アップ」

わたしはかぶりを振った。イーサンが書斎から出てきた。次は図書室、その次は、このバスルームだ。その前に――

そのとき、お尻がドアノブをかすめた。ノブが動いて小さな音を立てた。

イーサンが勢いよく振り返る。光が図書室のドアを素通りして、わたしの目を直撃する。

視界が白く飛んだ。時間が進みを止めた。

「見いつけた」イーサンが言った。

わたしは飛び出した。

ドアを抜けてイーサンに体当たりした。わたしの肩がみぞおちにめりこむ。イーサンがあえぐ。何も見えない。それでもわたしはイーサンを力いっぱい押しのけ、階段に向かって――

次の瞬間、ふいにイーサンが消えた。階段を転がり落ちていく音が聞こえた。雪崩のようだった。光が激しく天井を行き来する。

「アップ、アップ、アップ、アップ」オリヴィアがささやく。

わたしは向きを変えた。目はまだちかちかしている。上り口で階段につまずき、よろめきながらなかば這うように次の段に上がった。体勢を立て直す。走る。

踊り場で折り返した。暗闇に目が慣れてきた。行く手に寝室がぼんやり見えている。その向かいに客用寝室。

「アップ、アップ、アップ、アップ」

でも、この上の階には予備の寝室しかない。それとあなたの部屋だけよ。

「アップ」

屋上？

「アップ」

でも、どうして？　そんなの無理よ。

「スラッガー」エドの声だ。「ほかに行く先があるか？」

二つ下の階から、イーサンが階段を駆け上がる音が聞こえてきていた。わたしは向きを変え、手足を総動員して階段を上った。籐のマットがこすれて足の裏が熱を持ち、手をかけるたびに手すりがきいきいと鳴いた。

次の踊り場に飛び出し、ハッチのある隅に駆け寄る。頭上で手を振り回して開閉チェーンを探し、しっかりとつかむ。そして、思いきり引いた。

97

ハッチが開くと同時に、顔に水しぶきが降ってきた。金切り声とともに、はしごが伸びてくる。階段の底でイーサンが何か怒鳴ったが、その言葉は即座に風にさらわれた。

雨の攻撃に目を閉じて、はしごを上る。1、2、3、4、横棒は冷たくてすべりやすい。わたしの体重を受け止めたはしごが甲高い悲鳴を上げた。七段目に足をかけたところで、頭が屋上に出たのがわかった。音が……

音が殴りかかってきて、わたしはのけぞった。嵐は獣のように咆哮している。風の鉤爪《かぎづめ》が空気を引き裂く。雨の牙が肌に食いこむ。水が顔を舐め、髪を洗い――

彼の手に、足首をつかまれた。

足をばたつかせてそれを振り払い、体を屋上に引き上げると、ハッチと天窓のあいだに転がった。ドームの湾曲したガラスに手をついてどうにか立ち上がり、目を開いた。

世界がぐらりと揺れた。風雨の分厚い壁を貫いて、自分のうめき声が耳に届いた。

闇に包囲されていても、屋上がジャングルと化していることは見て取れた。植物は鉢や花壇からあふれている。壁という壁が蔓に覆い尽くされ、換気装置にはツタがからみついていた。すぐ先に見えている奥行き四メートルの格子造りのあずまやは、茂りに茂った葉の重みで一方にかしいでいた。

その上に降る雨は、ただ落ちてくるのではなく、帆のようにうねる巨大な水のカーテンだった。おもりのように屋根を叩き、石細工の上で沸騰する。わたしのローブはもう肌に重く張りついていた。

ゆっくりと向きを変える。膝が笑い始めていた。三方は、高さ四階分の断崖だ。東側には聖ディンプナ女子学院の壁が山のようにそびえている。

頭上は空。何もない空間に包囲されている。両手が拳を作った。膝の力が抜けそうになる。呼吸のリズムが乱れる。音が荒れ狂う。

雨と風の向こうに、真っ暗な穴が見える。ハッチだ。そこから腕が現れた。肘を曲げて雨をよけている。イーサンだ。

まもなくイーサンは屋上に立っていた。影のような黒い輪郭。片手に、銀色に光るレターオープナーがある。

わたしはひるみ、よろめきながら後ずさった。足が天窓のドームにぶつかった。ドームがほんのわずかにたわむ。〝頼りないな〟とデヴィッドは言っていた。〝木の枝でも落ちたら、一発で破れちまいそうだ〟

影が近づいてくる。わたしは叫び声を上げたけれど、その声は口から出るなり風にもぎ取られ、枯れ葉のようにひらひら舞いながら空に消えた。

イーサンが驚いて立ち止まる。それも一瞬のことで、すぐに笑いだした。

「誰にも聞こえないさ」風雨に負けない声で言った。「この風と雨じゃ……」そう言ったそばから風と雨がいっそう激しさを増す。

これ以上後ろに下がろうとすれば、天窓に乗ってしまう。わたしは足をほんの数センチ横にずらした。濡れた金属が触れた。ちらりと下を見た。あの日、デヴィッドがひっくり返したじょうろだ。

イーサンが迫ってくる。全身がもうずぶ濡れだ。影に包まれた顔、その奥で輝く目。荒れた息づかい。

わたしはかがんでじょうろをつかみ、イーサンを狙って投げつけた。が、頭はふらつき、足もともおぼつかない。手がすべって、じょうろはあさっての方角に飛んでいった。

イーサンが反射的に身をかがめる。

わたしは走りだした。

闇のなかへ、ジャングルの奥へ。頭上の空は怖い。でもそれ以上に、背後の少年が怖かった。頭のなかに屋上の地図を描く。左にツゲのミニ生け垣、その向こうに花壇。右手には空のプランターの列、そこに園芸土の袋が酔っ払いみたいにだらしなくもたれかかっている。正面に、格子のトンネルがあるはずだ。

雷鳴が空を転げ回った。稲妻が雲を発光させ、屋上に真っ白な光を降らせた。雨のベールが揺れ、震える。わたしはそのなかを猛然と走った。空はいまにも崩れ落ちてきて、わたしをぺしゃんこにするだろう。それでも、心臓はまだ動いている。血が血管を熱している。わたしは格子のトンネルを目指して飛ぶように走った。

水のカーテンが入口をふさいでいた。それを突き破り、屋根つき橋のように真っ暗で熱帯雨林のように湿ったトンネルに飛びこむ。小枝や防水シートに隔てられて、外の音が遠ざかった。自分の乱れた息づかいが聞こえた。片側に低い小さなベンチがある。〈苦難を越えて栄光へ〉

目当てのものは、祈りが通じたかのように、トンネルの一番奥で待っていた。わたしは突進した。両手でつかみ、振り向いた。

入口の滝の向こうにシルエットが浮かんだ。初めて会ったときもこうだった。玄関の曇りガラスにゆっくりと現れた影、それがイーサンだった。

次の瞬間、イーサンが滝を抜けた。

「完璧だな」手で顔を拭いながら近づいてくる。コートはびしょ濡れだ。マフラーは重たげに垂れ下がっている。拳からレターオープナーが突き出していた。「首を折ってやろうと思ってたけど、このほうがいい」眉を片方だけ上げる。「ついにぷつんと来て、屋上から飛び降りるんだよ」

わたしは首を振った。

するとイーサンは笑った。「その案は却下か？　手に持ってるそれは何だ？」

そう言うと同時に、何なのか見て取った。

わたしの手には大きな枝切りばさみがあった。頼りなく揺れている。重たいせいもあるけれど、そもそも手が震えているからだ。それをどうにか胸の高さに持ち上げ、イーサンのほうに近づいた。

イーサンの顔から笑みが消えた。「そんなもの下ろせよ」

わたしはまた首を振り、また一歩近づいた。イーサンはためらった。

「下ろせって」そう繰り返す。

わたしはまた一歩踏み出すと、はさみをちょきんと鳴らした。

イーサンの目が下に動き、レターオープナーを一瞬だけ見た。

それから、イーサンは雨水が作る壁の向こうに退却した。

わたしはすぐには動かなかった。息をするたびに胸が大きく上下する。イーサンの姿は溶けるように消えていた。

ゆっくりと、そろそろと、アーチ型の入口に近づく。すぐ手前で足を止めた。水しぶきを顔に浴びながら、占い棒で水脈を探すように、枝切りばさみの先端を滝の向こう側に突き出す。

いまだ。

枝切りばさみを前にかまえて滝を走り抜けた。彼が待ち構えていたとしても、きっと——

わたしはその場に凍りついた。髪は水をしたたらせ、服はぐっしょり水を吸っていた。

イーサンの姿がない。

屋上に視線を巡らせる。

生け垣。いない。

換気装置。

花壇。どこにもいない。

頭上で稲妻がはじけ、屋上が白く輝く。誰もいなかった。伸び放題の植物と氷のような雨でできた荒野、それだけだ。

ここにいないなら、いったいどこ——

背後から体当たりされた。あまりのスピードと勢いに、悲鳴を上げることさえできなかった。わたしは枝切りばさみを取り落とし、イーサンもろとも前に投げ出された。膝ががくりと折れ、濡れた屋上にこめかみをしたたかに打ちつけた。鋭い音が頭のなかに響く。口に血があふれた。

もつれ合ったまま、わたしたちはアスファルトの上を転がった。一度。二度。そして天窓の縁にぶつかって止まった。ドームが振動した。

「クソばばあ」イーサンの声と熱い息が耳に吹きかけられた。跳ねるように立ち上がり、わたしの首を踏みつける。喉がごぼごぼと鳴った。

「おとなしくぼくの言うとおりにすりゃいいんだよ」かすれた声でイーサンが言った。「この屋上から飛び降りるんだ。自分でやらないなら、投げ落としてやる。だから、選べよ」

わたしの顔のすぐ横、アスファルトの上で、雨粒が沸き立っている。

「どっち側がいいか、選べよ。公園側か？　道路側か？」

わたしは目を閉じた。

「あなたのお母さん……」声を絞り出した。

「何だって？」

「あなたのお母さん」

首にかかっていた力が、ほんの少しだけゆるんだ。「生みの母親のことか？」

わたしはうなずいた。

「あの女がどうしたって？」

「聞いたの――」

イーサンがまた足に力をこめた。息ができない。「何を聞いた？」

目玉が飛び出しそうになる。口が大きく開く。喉がぐうと鳴った。

首にかかる力がまたゆるんだ。「何を聞いたんだよ」

わたしは思いきり息を吸いこんだ。「聞いたのよ。あなたのお父さんのこと」

イーサンは動かない。雨がわたしの顔を叩く。金属に似た血の味が舌を刺す。

「嘘だな」

わたしは咳きこんだ。頭がアスファルトにぶつかった。「嘘じゃないわ」

「あの女が誰なのか、それさえ知らなかったくせに」イーサンが言った。「別人だと思ってたくせに。ぼくが養子だってことも知らなかったくせに」わたしの喉を踏みつける足に体重をかける。「なのに――」

「でも、聞いたのよ。そのときは――」わたしは生唾をのみこんだ。喉が破裂しそうだ。

「そのときは意味がわからなかった。でも確かに聞いたの……」

イーサンはふたたび黙りこんだ。わたしの喉から、空気が漏れるしゅうという音が聞こえる。雨がアスファルトの上ではじける、ざあという音が聞こえる。

「誰だ？」

わたしは黙っていた。

「答えろよ！」お腹を蹴られた。わたしはあえぎ、体を丸めたが、そのときにはもうイーサンにシャツをつかまれて引き上げられ、膝立ちになっていた。前に倒れかけた。イーサンがわたしの喉をつかんで締め上げる。

「あの女は何て言ったんだよ！」イーサンがわめく。

わたしは喉に手をやって、彼の手を剥がそうとした。イーサンに持ち上げられるようにして、わたしは立ち上がった。膝が震えていた。まもなくわたしたちは正面から向き合った。

彼はひどく幼く見えた。雨に濡れたなめらかな肌、柔らかな唇、額に張りついた髪。〝すごくいい子〟。イーサンの背後に、公園と、彼が暮らす家の大きな影が見えている。わたしのかかとには、天窓のドームが触れていた。

「何て言ったんだよ！」

わたしは答えようとしたが、声が出ない。

「早く言えよ」

わたしはむせた。

イーサンはわたしの喉をつかんだ手をゆるめた。わたしは一瞬だけ下を見た。レターオープナーはまだ彼の手に握られていた。

「建築士だった」わたしは息を詰まらせながら言った。

イーサンはこちらをじっと見ている。わたしたちの周囲に、あいだに、雨が降り注いでいる。

「ダークチョコレートが大好物だった」わたしは続けた。「彼女を〝スラッガー〟って呼んだ」イーサンはわたしの喉から手を放した。

「映画が好きだった。二人とも好きだった。よく一緒に――」

イーサンが眉をひそめる。「そんな話、いつ聞いた？」

「うちに遊びに来た日よ。その人を愛してたって言ってた」

「そいつはどうなったんだ？　いまどこにいる？」

わたしは目を閉じた。「死んだわ」

「いつ？」

わたしは首を振った。「しばらく前。いつだったかなんてどうでもいいことよ。彼が死んで、彼女の心はばらばらに砕けてしまった」

イーサンの手がまたわたしの喉をつかんだ。わたしは目を開いた。「どうでもよくなんかない。いつ――」

「大事なのは、彼はあなたを愛してたということ」わたしは喉から声を絞り出した。

イーサンは動きを止めた。わたしの喉を放す。

「あなたを愛してたのよ」わたしは繰り返した。「二人とも、あなたを愛してたの」

イーサンはわたしをにらみつけている。レターオープナーはまだ手に握られていた。わたしは深く息を吸いこんだ。

それから、彼を抱き寄せた。

イーサンの体が硬直した。すぐにまた力が抜けた。雨が叩きつけるなか、わたしたちはただ立ち尽くした。彼に腕を回したままのわたし、手をまっすぐ下ろしたままのイーサン。

わたしは恍惚《こうこつ》としたように体を揺らし、抱擁に応えたイーサンと一緒にゆっくりと向きを変えていった。まもなく二人の立ち位置が入れ替わった。わたしは彼の胸にそっと両手を押し当てた。掌に鼓動が伝わってくる。

「二人ともあなたを愛してたのよ」わたしはささやいた。

それから、両手に全体重をかけてイーサンを突き飛ばした――天窓の上に。

98

イーサンは背中から倒れた。天窓ががたがた揺れた。

彼は声もなくわたしを見つめている。難しい質問をされて困っているような顔で。

レターオープナーは脇に投げ出されていた。イーサンはガラスに両手をついて起き上がろうとした。わたしの鼓動が速度を落とす。時間が速度を落とす。

次の瞬間、天窓がイーサンの重みに負けた。その音を風雨がかき消す。

一瞬でイーサンの姿が消えた。叫び声を上げたとしても、わたしには聞こえなかった。

いまのいままでドームに覆われていた穴ににじり寄り、井戸のように深い家のなかをのぞきこむ。雨粒が火花のようにひらひらと舞い落ちている。すぐ下の踊り場でガラスの破片の銀河がきらめいていた。それより下は――暗くて見えない。

わたしは嵐のただなかに立ち尽くした。頭のなかは真っ白だ。足もとを小さな波が洗っていた。

それから一歩下がった。天窓を慎重に避け、開きっぱなしのハッチに近づく。はしごを下りる。ダウン、ダウン、ダウン。横棒を握る手がすべりそうになる。床に下り立つ。マットはぐっしょりと水を吸っていた。階段の下り口に向かった。天井に開いた穴の下を通ると、雨がシャワーのように降り注いだ。オリヴィアの部屋の前に来た。立ち止まる。なかをのぞく。わたしの娘。わたしの天使。ごめんね、本当にごめんね。

一拍おいて向きを変え、階段を下りた。ここまで来ると籐のマットは乾いていて粗い。踊り場でまた足を止めた。雨の滝の下を通り、水をしたたらせながら寝室の入口に立つ。ベッドを見る。カーテンを、公園の向こうに黒い亡霊になってたたずむラッセル家を見る。また雨のシャワーを抜け、またひと続き階段を下りて、図書室に入り——エドの図書室、わたしの図書室——窓ガラスを洗う雨を見つめた。炉棚の時計が時を打つ。午前二時。

窓から目を引き剝がして、図書室を出た。

踊り場に立つと、彼の壊れた体が見えた。ありえないポーズで床に横たわっている。堕ちた天使。わたしは階段を下りた。

彼の頭から、暗い血の色をした冠が広がっていた。片方の手は心臓の上に置かれている。彼の目がわたしを見上げた。

わたしは見つめ返す。
それから、脇を通り抜けた。
そして、キッチンに入った。
そして、固定電話のプラグを接続し、リトル刑事に連絡した。

六週間後

99

　雪は一時間ほど前に降りやんで、いまは透き通るように青い空に真昼の太陽がぽっかりと浮かんでいる。〝肌を温めるためでなく、ただ目を楽しませるため〟の空。ナボコフ『セバスチャン・ナイトの真実の生涯』。読む本は自分で決める。他人の読書クラブに遠距離参加するのはもうやめた。

　まさしく目を楽しませるためにあるような空だ。下の通りも負けていない。陽光を浴びた雪は白くまばゆかった。今朝は三十五センチ積もった。ゆうべ、降りしきる雪が歩道に砂糖衣をかけ、玄関先に白いカーペットを敷き、プランターに高く積もっていく様子を、寝室の窓から何時間も眺めた。十時ごろ、グレー家の四人が仲よく通りに現れた。歓声を上げながら舞い降る雪をかき分けるようにして歩き、通りの先に消えた。真向かいの家のリタ・ミラーは、ローブ姿で片手にカップを持ち、玄関前の階段に出てきてうっとりと空を見上げた。ご主人も来て後ろから奥さんに腕を回し、肩に顎を乗せた。リタは彼の頰にキスをした。

そういえば、リタの本当の名前がわかった。近所の事情聴取をすませたリトルが教えてくれた。リタではなくて、スー。ちょっとがっかりだ。

公園は一面の雪の野原だ。まっさらで光り輝いている。その向こう、きらめくばかりの空の下、すべてのカーテンを閉ざして背を丸めているのが、熱狂する新聞が〈殺人少年、四百万ドルの豪邸!〉と書き立てる家だ。そこまで高くなかったことをわたしは知っているけれど、〈三百四十五万ドルの豪邸!〉では、収まりが悪い。

その家はいま空っぽだ。もう何週間も誰もいない。あの朝、警察が到着し、救急隊が遺体を――彼の遺体を運び出したあと、リトルがふたたびわたしの家にやってきた。そして、アリステア・ラッセルは殺人の共犯者として逮捕されたと報告した。息子のことを伝えられると、即座に自白したという。イーサンが話したとおりのことが起きたと認めた。精神的に追い詰められていたのだろう。ジェーンは気丈だった。ジェーンはどこまで知っていたのだろう。そもそも知っていたのだろうか。

「あなたにお詫びしなくてはなりません」リトルは首を振ってぼそぼそと言った。「それにヴァル――わたし以上にあなたに申し訳ないことをした」

わたしは反論しなかった。

リトルはその次の日にも来た。そのときには記者がうちの玄関に群がり、ドアをノックしたりブザーを鳴らしたりしていた。わたしは完全に無視した。この一年で何がうまくなったといって、外の世界が存在しないふりをすることだ。

「調子はいかがですか、アナ・フォックス？」リトルは訊いた。「ああ、こちらはきっと、噂の精神分析の先生ですね」

ドクター・フィールディングも図書室からわたしと一緒に出てきていて、そのときはわたしの横に立ち、リトルの巨大さにあんぐりと口を開けていた。「頼れる主治医がついていらして、わたしも安心ですよ」リトルはドクターと握手を交わしながら言った。

「同感です」ドクター・フィールディングが応じた。

わたしも心強かった。この六週間で、わたしはだいぶ安定した。いろんなことが整理整頓された。たとえば、天窓は修理した。清掃業者にも来てもらって、家中をぴかぴかに磨いた。薬も処方どおりに服用しているし、酒量も減った。減ったどころか、ひと口たりとも飲んでいない。にぎやかなタトゥーのあるパムという名のカウンセラーが奇跡を起こしたおかげだ。「ありとあらゆるタイプの状況に置かれたありとあらゆるタイプの人を指導した経験があります」パムは初めての訪問日にそう言った。

「今回は初めてのパターンかも」わたしは言った。

デヴィッドに謝りたくて、ずっと連絡を試みている。何十回も電話をかけているけれど、まだ一度も出てくれない。いまどこにいるのだろう。無事でいるだろうか。地下室のベッドの下にイヤフォンが落ちているのを見つけた。拾って上の階に持ち帰り、抽斗に大事にしまってある。いつか連絡をくれることがあるかもしれない。

二週間ほど前からは〈アゴラ〉に復帰した。あそこに集まる人たちは、仲間だ。家族みたいなものだ。わたしは〝病の治癒と健康を促進〟したい。

エドやオリヴィアには抵抗を続けている。いつもではない。完全にではない。夜、二人の声が聞こえて、もごもごと返事をすることもある。でも、以前のようにおしゃべりすることはもうない。

100

「おいでよ」

ビナの手は乾いている。わたしの手は湿っている。

「早く」

庭に面したドアをビナが開け放っていた。冷たい風が吹きこんでくる。

「あの豪雨のさなか屋上に出たんでしょうが」

あれは話が別だ。命を懸けて戦っていたのだから。

「自分の家の庭だよ。しかもこんないいお天気」

そうね。

「スノーブーツだって履いてるよね」

そうよね。ちなみにブーツは納戸で見つけた。ヴァーモントのあの夜以来、一度も使っていなかった。

「なのに、何を待ってるわけ？」

何も。わたしはもう何も待っていない。家族が帰ってくるのをずっと待っていたけれど、二人は永遠に帰らない。鬱がよくなるのを待っていたけれど、わたしがよくなろうとしないかぎり、ひとりでによくなることはない。

世界に復帰する時も待っていた。いまがその時だ。

陽射しがわたしの家を明るく照らしているいま。頭が冴え渡って、何もかも見通せそうないま。ビナに手を引かれ、ドアの前に、そして階段のてっぺんに立ったいま。

ビナの言うとおりだ。豪雨のなか、屋上で、同じことをした。あのときわたしは命を懸けて戦った。つまり、わたしはたぶん、死にたいと思っていないのだ。

死にたくないなら、生きることを始めるしかない。

〝何を待ってるわけ？〟

1、2、3、4。

ビナが手を放し、雪に足跡をつけながら庭に下りた。振り返って手招きする。

「早くおいでってば」

目を閉じる。

目を開ける。

そしてわたしは、光のなかに一歩を踏み出す。

解説

コラムニスト　山崎まどか

こんな女性が探偵役のミステリは読んだことがない。

それが『ウーマン・イン・ザ・ウィンドウ』を読んだ最初の感想だった。物語の語り手はアナ・フォックス。三十八歳で、ニューヨークのハーレムの高級住宅街の住人だ。彼女の住む屋上庭園つきの古いタウンハウスは、地価の高騰が叫ばれているニューヨークでは贅沢《ぜいたく》な住居である。彼女は夫と娘と離れ、そこに一人で暮らしている。彼女はそこから、一歩たりとも外に出ることが出来ないのだ。トラウマから広場恐怖症となり、もう十カ月間も家に閉じこもっているのである。

家の扉を閉ざし、社会から疎外された人間として生きるアナの慰めはワインとニコンD5500を使った覗き行為である。彼女は不動産譲渡証書をネットで漁り、近所に越してきた新しい住人たちの出自を調べる。ちょっとした遠隔ストーカーである。

　そんな女性が、殺人事件を目撃したらどうなるだろう？　カメラのレンズ越しに垣間見た、窓からの景色。聞こえた悲鳴。彼女は家から出られないので、当然、直接助けにいくことは出来ない。そして、彼女が目撃したものを他人に信じてもらえなかったとしたら、どうなるだろう？　アナはアルコール依存症であり、トラウマや広場恐怖症のせいで被害妄想気味なところが見受けられる。ポーラ・ホーキンズが書いた『ガール・オン・ザ・トレイン』（池田真紀子訳、講談社文庫）もそうだったが、アルコール依存症でブラックアウトを起こす人々は、自分で自分が信じられない。しかも事件を目撃して以降、彼女の周囲では奇妙なことが起こり始める。これは自分自身のパラノイアが引き起こした妄想なのか、それとも現実に何者かが彼女を狙っているのか。アナは自問自答しながら事件に立ち向かっていかなくてはならない。家の中に引きこもっている彼女には外に逃げるという選択肢はない。物語の後半は、密室サスペンスの様相を帯びてくる。

　アナの一番にユニークな点は、広場恐怖症でアルコール依存症、覗き趣味のある中年女性という設定に加えて、彼女がそんじょそこらのシネフィルが裸足で逃げ出したくなるほどの映画マニアだというところにある。しかも、アルフレッド・ヒッチコックや一九四〇年代のフィルムノワールの筋金入りのファンなのである。映画といえば配信で見る時代、

『キノ』と『クライテリオン』という渋い名作や埋もれた傑作をDVD／ブルーレイ化することで知られる映画ファン御用達のブランドのディスクを集め、外を出歩けた頃は名画座や特集上映にも足しげく通ったというアナには好感が持てる。

アナのモノローグに出てくる映画の数は（持っていることに対して言い訳がましい弁解をしている『スター・ウォーズ』のDVDを含めて）五十本にも及ぶ。そのほぼすべてがフィルムノワールかヒッチコック作品の影響下にあるサスペンス映画だ。その全部を紹介するスペースがないのは残念だが、ラインナップからアナという主人公、そして作者のA・J・フィンがどんなに映画を愛しているかが、よく分かる。アナの頭の中には「ヒッチコックが監督しなかったヒッチコック映画」や「ヒッチコックの死後に製作された傑作映画」といったリストがある。前者にはクロード・シャブロル監督の『肉屋』（一九七〇）、後者にはジョルジュ・シュルイツァー監督によるオーストラリア映画『ザ・バニシング－消失－』（一九八八）があって、そのセレクトに唸らされる。

そもそも、タイトルの『ウーマン・イン・ザ・ウィンドウ』からしてフリッツ・ラングの『飾窓の女』（一九四四）へのオマージュである。これは大学の助教授が飾り窓に陳列されている肖像画とそっくりの美女と出会い、犯罪に巻き込まれるという映画だが、『マルタの鷹』（一九四一）や、やはりこの小説で取り上げられている『深夜の告白』（一九四四）『ローラ殺人事件』（一九四四）『ブロンドの殺人者』（一九四四）と並ぶ形でフランスの映画雑誌で評されたことで「フィルムノワール」という名称が生まれたという重要な作品である。エピグラフは殺人者の叔父と少女の対決を描いたヒッチコックの名作『疑惑の影』（一九四三）から取られているし、物語の設定も、事故による怪我で動けなくなった写真家がカメラのレンズ越しに事件を目撃するヒッチコックの『裏窓』（一九五四）から来ている。

ここまでフィルムノワール絡みのディテールに溢れていると、出てくる映画のタイトルが事件のヒントになっているのではないかと勘繰りたくもなってくる。どれとは言わないが、彼女が挙げている作品の中には偽装殺人や、亡くなったと思った人物が実は生きていたというプロットのものも含まれているのだ。

それとも、すべてはフィルムノワールを愛するあまり、現実と映画の境が分からなくなったアナの妄想なのだろうか？　フリッツ・ラングの『恐怖省』（一九四四）やヒッチコックの『めまい』（一九五八）のように、主人公がパラノイア気味である映画のタイトルもこの小説の中に出てくる。パラノイアの主人公のバックグラウンドが明かされれば明かされるほど、観客はその主人公の言動を信じられなくなる。そんなプロットはフィルムノワールにも多い。そしてアナはまさしくその条件に当てはまるヒロインなのだ。

『ウーマン・イン・ザ・ウィンドウ』は『ゴーン・ガール』（ギリアン・フリン、中谷友紀子訳、小学館文庫）や『ガール・オン・ザ・トレイン』と並ぶ「信頼できない女性」を主人公とするスリラーとして注目を集め、ベストセラーとなったが、映画ファンにとっても、たまらなく魅力的なミステリである。

ギリアン・フリンの『ゴーン・ガール』とよく比べられることについて、作者のA・J・フィンは「信じられないほど光栄」だと語っている。幼い頃からアガサ・クリスティーやコナン・ドイルのファンで、大人になってからはルース・レンデルやパトリシア・ハイスミスに夢中だったというフィンの夢は当然、ミステリを書くことだった。しかしトマス・ハリスの『羊たちの沈黙』のヒット以降、出版界のトレンドがシリアル・キラーを主人公にしたスリラーにシフトしてしまったため、彼が目指すような作品は受け入れられないのではないかと思っていた。その流れを変えたのが、『ゴーン・ガール』だったとフィンは言う。

「僕が好み、研究対象にもしてきた、登場人物たちのキャラクターが物語を動かす知的なミステリ作品が戻ってきたと思った」

強く複雑な女性像を打ち出している新しいタイプの女性のミステリ作家たちに、彼はシンパシーを感じているようだ。ジャンル小説に出てくる女性たちはタフなように見えて、結局は男性に依存してしまうような人物設定であることが多いとフィンは感じていた。少なくとも彼の目から見て、それはリアルな女性ではない。彼はアナを「囚われの姫」のような存在ではなく、人間としての欠点はあっても、独立した大人の女性として描いている。様々な障壁を乗り越えて、アナは誰の手も借りずに自分で疑問を追いかけ、調査を続け、犯人と対峙するのである。

著者のA・J・フィンの本名はダニエル・マロリー。一九七九年生まれで『ウーマン・イン・ザ・ウィンドウ』執筆時にはウィリアム・モロー・アンド・カンパニーの責任編集者として働いていた。二〇一七年の秋、エージェントが『ウーマン・イン・ザ・ウィンドウ』の権利を売りに出すと、出版社から高額で申し出があり、映画化の権利も売れた。鳴り物入りのデビューで『ウーマン・イン・ザ・ウィンドウ』は発売後すぐにベストセラーを記録する。

ダニエル・マロリーはその時点で、ロンドンとニューヨークの出版界で十年以上のキャリアがあった。オックスフォード大学でパトリシア・ハイスミスの研究で博士号を取り、自身の小説の主人公と同じように広場恐怖症とうつ病に苦しめられた過去がある。二〇一五年にはうつ病が再発して家から出られなくなり、その経験から生まれたのが『ウーマン

・イン・ザ・ウィンドウ』のアイデアだというのが、本書がアメリカで出版された時の著者の談話だった。
ところが二〇一九年二月、雑誌「ニューヨーカー」に告発記事が掲載された。そこでA・J・フィンことダニエル・マロリーには彼がインタビューで語っていたような広場恐怖症やうつ病、双極性障害といった病歴は一切なく、オックスフォードで博士号も取得していないことが明らかになった。オックスフォードの大学院に行く前、デューク大学に在籍していた時代からマロリーは嘘と詐欺まがいの言動で有名で、出版界でも彼を警戒している人は少なくなかったという。マロリーをハイスミスの小説の主人公「リプリー」に例える声も上がった。不幸な家族の話や病歴を捏造し、人々を魅了したマロリーの過去について読むと、論文は発表しなかったもののパトリシア・ハイスミスを熱愛しているという話は本当なのではないかと考えてしまう。作家活動は今後も続けていくということだ。

『ウーマン・イン・ザ・ウィンドウ』は『つぐない』のジョー・ライトの監督、『八月の家族たち』の戯曲家トレーシー・レッツの脚本で映画化。主人公のアナ・フォックスをエイミー・アダムスが演じる他、ゲイリー・オールドマン、ジュリアン・ムーア、アンソニー・マッキーといった豪華俳優陣がキャストに揃った。新型コロナウィルスのパンデミックなどもあって何度か公開が延期されたが、二〇二一年にNetflixで配信されることが決定している。映画マニアのアナを唸らせるような出来栄えを期待したい。

二〇二一年二月

本書は、二〇一八年九月に早川書房より単行本
として刊行された作品を文庫化したものです。

暗殺者グレイマン

The Gray Man

マーク・グリーニー
伏見威蕃訳

身を隠すのが巧みで、〝グレイマン（人目につかない男）〟と呼ばれる凄腕の暗殺者ジェントリー。ＣＩＡを突然解雇され、命を狙われ始めた彼はプロの暗殺者となった。だがナイジェリアの大臣を暗殺したため、兄の大統領が復讐を決意、様々な国の暗殺チームが彼に襲いかかる。熾烈な戦闘が連続する冒険アクション

ハヤカワ文庫

スクールボーイ閣下（上・下）

The Honourable Schoolboy
ジョン・ル・カレ
村上博基訳

〔英国推理作家協会賞受賞作〕ソ連情報部の工作指揮官カーラの策謀により、英国情報部は壊滅的打撃を受けた。その長に就任したスマイリーは、膨大な記録を分析し、カーラの弱点を解明しようと試みる。そして中国情報部にカーラが送り込んだスパイの重大な計画を知ったスマイリーは秘密作戦を実行する。傑作巨篇

ハヤカワ文庫

スマイリーと仲間たち

Smiley's People

ジョン・ル・カレ
村上博基訳

将軍と呼ばれる老亡命者が殺された。将軍は英国情報部の工作員だった。醜聞を恐れる情報部は、彼の工作指揮官だったスマイリーを引退生活から呼び戻して後始末を依頼、やがて彼は事件の背後に潜むカーラの驚くべき秘密を知る！　英ソ情報部の両雄がついに決着をつける。三部作の掉尾を飾る傑作。解説／池澤夏樹

ハヤカワ文庫

地下道の鳩

ジョン・ル・カレ回想録

The Pigeon Tunnel
ジョン・ル・カレ
加賀山卓朗訳

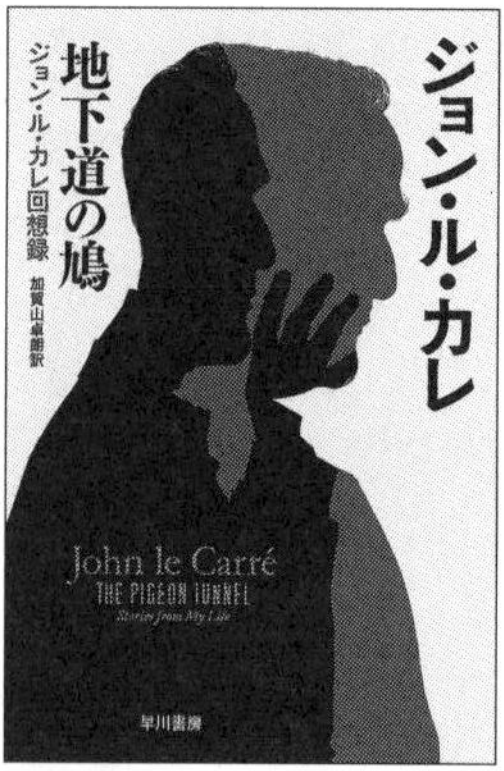

英国二大諜報機関に在籍していたスパイ時代、詐欺師の父親の奇想天外な生涯、スマイリーを始めとする小説の登場人物のモデル、グレアム・グリーンやキューブリック、コッポラとの交流、二重スパイ、キム・フィルビーへの思い……。スパイ小説の巨匠が初めてその人生を振り返る、待望の回想録！　解説／手嶋龍一

トレインスポッティング

Trainspotting

アーヴィン・ウェルシュ
池田真紀子訳

不況にあえぐエディンバラで、ドラッグとアルコールと暴力とセックスに明け暮れる若者たち。マーク・レントンは仲間とともに麻薬の取引に関わり、人生を変える賭けに出る。彼が選んだ道の行く先は？　世界中の若者を魅了した青春小説の傑作、待望の復刊！　解説／佐々木敦

ハヤカワ文庫

訳者略歴　英米文学翻訳家，上智大学法学部国際関係法学科卒　訳書『グレイ』ジェイムズ，『トレインスポッティング0　スキャグボーイズ』ウェルシュ（以上早川書房刊），『ガール・オン・ザ・トレイン』ホーキンズ，『スティール・キス』ディーヴァー，『烙印』コーンウェル他多数

HM=Hayakawa Mystery
SF=Science Fiction
JA=Japanese Author
NV=Novel
NF=Nonfiction
FT=Fantasy

ウーマン・イン・ザ・ウィンドウ
〔下〕

〈NV1479〉

二〇二一年三月十日　印刷
二〇二一年三月十五日　発行
（定価はカバーに表示してあります）

著者　A・J・フィン
訳者　池《いけ》田《だ》真《ま》紀《き》子《こ》
発行者　早川浩
発行所　株式会社　早川書房

郵便番号　一〇一 - 〇〇四六
東京都千代田区神田多町二ノ二
電話　〇三 - 三二五二 - 三一一一
振替　〇〇一六〇 - 三 - 四七七九九
https://www.hayakawa-online.co.jp

乱丁・落丁本は小社制作部宛お送り下さい。
送料小社負担にてお取りかえいたします。

印刷・中央精版印刷株式会社　製本・株式会社フォーネット社
Printed and bound in Japan
ISBN978-4-15-041479-5 C0197

本書は活字が大きく読みやすい〈トールサイズ〉です。